大学入学共通テスト

河合塾講師

安達雄大

現代文
講義の実況中継

学春秋社

はじめに

はじめまして。安達雄大と申します。あっちこっちの校舎をまわって、現代文を教えています。縁あって、皆さんに**「大学入学共通テスト」の対策**についてお話をすることになりました。どうぞよろしくお願いします（以下、「大学入学共通テスト」は「共通テスト」と略して表記します）。

この講座では、大きく分けて**三つのパート（章）**で話を進めていきます。

第1章では、**「共通テスト」の本質と傾向**をお話しします。何でも、まずは本質を知ることが重要です。イメージがわかなければ、何をしなければいけないかは具体化できませんから、それをしっかりと作っていきましょう。

共通テストでは、今までの**ふつうの現代文では要求されてこなかったような要素**がたくさん出てきます。「文章を読んで問いに答える」、この現代文の大前提が課題になっていることに変わりはないのですが、そこでいう「文章を読む」、「問いに答える」ということの形が、これまでの現代文にはないような新しいものになっています。

第2章では、共通テストの本格的な演習をするのに先立って、**現代文そのもの**についてのお話をします。

この章を設けたのは、ふだん教室で生徒さんの様子を見ていると、「共通テスト現代文」以前に、そもそも**「現代文そのもの」**がちゃんとスタートできていないんじゃないかなと疑わざるをえない人が、非常に多いからです。

例えば英語や数学に関しては、**「勉強」する対象が何であるか**についてイメージできないという人はいないでしょう。ところが、**現代文**になると、その「勉強」する対象についてのイメージがたちまち曖昧になるんですね。現代文の力を上げるために必要な課題について、例えば英語だったら単語や文法、数学だったら公式や定理といったような**「具体的なビジョン」が、答えとして出てこないんです。**

そこで、まずは次の三つの項目によって、「現代文そのもの」として理解していなければいけないことを押さえておきましょう。

第2章

「文章読解」のコツ　→　第2講
「選択式問題」のコツ　→　第3講
「空所補充問題」のコツ　→　第4講

第3章では、いよいよ試行調査（プレテスト）の問題を使って、**共通テストの演習**を行います。第2章でお話しした「コツ」を、実際に共通テストでどのように活かせばよいのか、一緒に確認していきましょう。

以上が講義の概要です。

本題に入る前に、皆さんに**二つのお願い**があります。

一つ目。講義を読む前に、**問題をまず自力で解いてみてください**。現代文では、「事前に問題を解いてあること」が**勉強の決定的な条件**になります。皆さんが自分なりに読み、考え、答えを出す。そして、本書で解説する解答プロセスとそれをつき合わせ、照合する。その**照合していく作業**の中で、自分に見えていなかったものが「差」としてわかるのです。

そして、その「差」を目にしたときはじめて、「**ああ、こういうふうに考えればよかったんだ！**」という**実感**が出てきて、それ以降に出会った問題で、今までに得てきた実感につながるような読み方や解き方を心がけていく。これが現代文の勉強です。

二つ目。各問題には、本番を想定して、目安の解答時間を設定しています。ただし、これはあくまで最終目標です。しばらくのうちは、「もうこれ以上考えられません！」と思えるまで、**制限時間なしで解いてください**。

皆さんは、「制限時間」を意識しすぎるあまり、とにかく「本文読解を早くする」ということと、「設問への解答に間に合う」ということだけに意識が向いてしまうんですね。でも、本当の「**理解と正解のための作業**」が何なのかがわからないまま、ただ「早さ」だけを求めても、それは何もできていないのと一緒です。

「わかるための作業・手順」を把握することが先。そして、その作業や手順が身についてから、それをスピードアップするように心がけてください。

それでは、しばらくの間、僕の「現代文」の話にお付き合いをお願いいたします。

安達　雄大

講義の内容

問題編

第1章

新型入試について知ろう

第1講　新型入試の概要把握と分析

第1講 新型入試の概要把握と分析

第1講のテーマは、「**敵を知る**」です。まずは、皆さんがこれから戦う相手となる「共通テスト」が一体何者であるのか、それを知ることから始めましょう。

はじめに、共通テストの**形式上の特徴**について説明します。

続けて、共通テストの**本質的な特徴**を説明したいと思います。共通テストの根っこのところにある新しさをちゃんとわかっていただくことがこの講の、というよりこの本全体の主題なので、そちらのほうはちょっと時間を割いてお話ししていきます。

1 「共通テスト」の出題形式

では、**形式上の特徴**のほうから見ていきましょう。

古文・漢文も含めた概要は、次のとおりです。

- 現代文二問、古文一問、漢文一問の四問構成です。
- 制限時間は、四問全体で八十分です。
- 国語全体の得点は、各問五十点×四題＝二百点満点です。
- 現代文の第1問は、「論理的・実用的文章」による問題、第2問は「文学的文章」による問題になる予定です。
（「論理的」「実用的」「文学的」という文章の種類については、後述します）
- 問題は、四問を通じて全て選択式です。

以上が、共通テスト対策を始めるにあたってまず押さえておいてほしい事柄です。

しかし、このように形式上の特徴だけを見てみても、共通テストの何が新しいのか、今までに出題され続けてきた現代文と何がどう違うのかが、明確にはわからないかもしれませんね。

というわけで、形式上の特徴だけでは捉えきれない**共通テストの本質**について、順次説明していきたいと思います。

2 「共通テスト」の本質的な分析

▼本質的な特徴① 問題の種類の新区分

共通テスト現代文の問題ごとの特徴を示すのに、「**論理的文章**」、「**実用的文章**」、「**文学的文章**」という言葉が使われることがあります。これらは、共通テスト以前には基本的に使われることのなかった新しい概念です。

「論理的」「実用的」「文学的」という言葉の意味を、説明しておきます。

まず、「**論理的**」文章ですが、これは従来の現代文で言う「**評論文**」「**論説文**」の別名です。学者、思想家、研究者と呼ばれる人たちが自分の考えていることを説明していく文章です。原則として、**カッチカチの議論をしている文字ばかりの文章**になります。

一般的に現代文で主流になっているタイプの文章であり、皆さんが「現代文って難しい」と思う最大の要因になっているものです。

共通テストがこうしたタイプの文章を「論理的」とし、それと差異化させるように導入したのが、「**実用的**」文章です。「実用的」文章というのは、ひと言でいうと、**資料が付随する文章**のことです。

これについては、実際に実物を見ていただいたほうが早いでしょう。第5講の問題（問題3）をパラパラッと見てください。最初に【資料】が二つ付いています。本文の中にも「表」が三つ付随しています。

【資料Ⅰ】や本文中の三つの「表」を、通常「**図表**」と呼びます。【資料Ⅱ】のような、国や組織のルールを箇条書きで示したものは、「**規約文**」と呼ばれます。こうした「図表」や「規約文」のことを、「**資料**」と呼ぶわけです。

なお、問題によっては、文章で取り上げられている事象の例となるような「**写真**」や、文章で述べられている現象を数値で整理した「**グラフ**」が「資料」として付随してくる可能性も考えられます。

先ほど「論理的」文章のところで述べたように、従来の現代文では、カッチカチの議論をしている文字ばかりの文章が主流でした。それに対して共通テストは、**僕らが実生活を送っていく中で直接的に活用していくタイプの情報、つまり「資料」**を読み取る力を新しく問おうとしているわけです。

ただ、第5講の問題を見ていただけるとわかるとおり、「資料」が付いているという点を言うのなら確かに「実用的」ですが、「資料」の部分を抜きにして「文章」の部分だけを見てみれば、その内容は「論理的」です。だから本当は「論理的」とか「実用的」というのは「文章」単位ではなく**「部分」単位で捉えたほうが適切**かもしれません。

最後に「**文学的**」文章ですが、これは従来の現代文で言うところの「**小説**」を含む、文字どおり**文学的な作品**のことです。

なお、センター試験では、この「文学的文章」にあたるものは**一貫して**「**小説**」でした。しかし、後述するように、この「小説オンリー」という前提が共通テストでは揺らぎます。

以上が、共通テストにおける文章の三つの「種類」です。先ほど、第一問で「**論理的・実用的**文章」、第二問で「**文学的**文章」が出題される予定だと言いましたが、その意味もこの新しい区分をふまえて理解しておいてください。

▼本質的な特徴② 従来の「本文」が変質

共通テストでは、**従来の「本文」の概念が揺らぎます。**

皆さんにとって、現代文の「**本文**」というのは、三〇〇〇〜四〇〇〇字くらいの文字がずっと並んでいて、それらの文字が十数個の「形式段落」ごとに分けられている、そういうものだと思います。

そして、解答者は、その「本文」を行ごとに上から下へ、そして行を移って右から左へ、要するに左下に向かって、**一直線に読んでいく**。これが「本文読解」

です。

従来の意味でのこうした「本文」の前提になっているのは、**「一人の筆者・作者の一貫した主張・世界観」**でした。

ところが、共通テストでは、その**「本文」が、大きく変わります**。揺らぎ方は、大きく分けると二つあります。

ひとつは、皆さんがよく知っている、ふつうの「本文」は確かにあるのですが、**その周囲をたくさんの「資料」が取り囲んでいるケース**です。先ほど触れた第5講の問題の「実用的部分」です。

当然ながら「本文」に書かれている事柄とそれらの「資料」は密接に連動していますから、設問に答えるためには、本文が何を言っているかということだけではなくて、**「資料」が「本文」とどんな関わり合いを持っているのか**ということも考えなければいけなくなります。また、設問によっては、この**「資料」自体が問いの対象になっている**ということもあります。

もう一つは、**「文章が複数化する」**というケースです。

これについては、第6講の問題（問題4）と第7講の問題（問題5）をパラパラッと見てください。どちらの問題も、「本文」が**二つの文章**で構成されています。問題4においては、二つの文章が同一の主題で書かれているとはいえ、その**語り口が違いますし**、問題5に至っては、「詩」＆「エッセイ（随筆）」と、**文章の種類さえ違っています**。

こうなってくると、「一人の筆者や作者の手による一つに収束していく三〇〇〇～四〇〇〇字の情報集合体」という、従来の「本文」の概念がかなり揺らいできます。

出題者の狙いとしては、一方の文章で語られていることと、もう一方の文章で語られていることを結び付けて考える力、つまり**別々に与えられた情報の「交点」や「相違点」を見極める力**を問いたいわけです。これから問題を解いていただく中で体験してもらいますが、実際に問題4の問5などは、それが如実に表れているケースの一つです。こうした事態は、「ふつうの現代文」ということでイメージしている範囲では、ちょっとあり得なかったものです。

以上が、「本文」というもののあり方が揺らぐということの内実です。まとめるとこのようになります。

◎本文（センター試験）
・一人の筆者や作者による
・ひとつの主張や世界観へと収束していく
・文字ばかりで構成された情報の集合体
↓（変質）
◎本文（共通テスト）
・「本文」に資料群が付随
・「本文」が複数化
・「文章や資料を相互に結びつける」という新しい課題

▼本質的な特徴③　設問分析の重要性が増大

「本文」の変質に伴い、共通テストでは「**設問や選択肢を分析する**」**ということの重要性が増大**します。

ただ、急にこのように言われても何のことなのかピンと来ないかもしれませんから、「読む」ということと「解く」ということについて、ひとつ話を挟みます。

現代文の問題に取り組んでいる皆さんを見ていていつも感じるのが、**「文章が読める」ということばかりに意識が向かっている**ということです。

「文章が読めさえすればいいんだ」という前提があるから、設問に正解できなかったときに、「文章が読めてなかったから間違えた」、「正解するために、もっとしっかり文章を読まなきゃ」というふうに、「本文読解」のほうに「現代文」の課題をほぼ100％還元してしまう。

もちろん「文章が読める」ということ抜きには「現代文」は語れません。しかし、残念ながら、「文章が読める」というのは**現代文の課題の片側**にすぎません。

もう片方では、**設問にちゃんと応じる**、つまり**何が問われているかをちゃんと分析する**っていうことも必要なんです。

ちゃんと文章が読めていても、設問がその本文に並んでいる情報の中の何を要求しているかを捉えなければ、**せっかく文章から得た理解が、宝の持ち腐れになります。**

だから、ここでしっかり意識しておいてください。現代文の課題は二つあります。すなわち、**文章が読めること**、そして**後の問いに答えられること**です。これらは**お互いに独立した二つの作業**なんです。

そして、共通テストでは、「本文読解」と「設問分析」という作業のうち、**「設問分析」のほうにかかる比重が大きくなります。**

なぜそう言えるのか。ここには、先ほどからお伝えしている**「本文」の変質**が絡んでいます。

例えば、「文章」に大量の「資料」がついた**「実用的文章」**では、「読む」という行為はどのような形をとるのか。

実は、「文章」を取り巻いている「資料」は**全て目を通さないといけないわけではありません。**どの「資料」が重要なのか、その「資料」のどのような事柄が重要なのかを決めるのは、まずは「文章」ですが、そこに「設問」も関与してきます。つまり、**設問文を読み、その要求を厳密に捉える**ことではじめて、**見なければいけない「資料」がその都度明確になる**ということもあるわけです。逆に言えば、「設問」とは独立に「資料」を見ても、重要な情報がさほど重要ではない情報に紛れ込んでしまったり、重要な情報そのものを見過ごしてしまったりすることだってあるということです。

「文章」が複数化した場合だって同じです。先ほど、複数の「文章」の「交点」や「相違点」を探りあてることが要求されると言いましたが、「文章」同士をどのような観点で結び付けるのかを示すのが、**「文章」自体ではなく「設問」である場合**もあります。**「設問」の要求に従ってはじめて複数文章の「交点」が明確になる**のです。

こうなると、「設問をよく見る」という課題が、いよいよ重要になってきます。もちろん、これによって「本文を読む」ということの重要性が減じるわけでは全くありません。しかし、こう言ってよければ、「**設問で問われたものに答えられるように本文を読む**」ということが重要になってくるわけです。

◎一般的な現代文のイメージ
・「読む」→「解く」の一方通行
・正解できないのは、読めていないからだ

…から、比重が変わり…

◎共通テスト
・「読む」対象となる「本文」の変質
↓
・設問分析、出題者の意図の把握が重要に…

▼本質的な特徴④ 幅広く見る力が強く要求される

加えて共通テストでは、「資料」であれ「文章」であれ、**「幅広い視野」をもって情報を捉える**ことが重要になります。

実はこの「幅広い視野」、従来の現代文でも重要であり続けてきたものです。文章が長くなれば、今自分に見えている単語や文の意味は、それまでに述べられていた事柄や、そこから先で述べられている事柄と密接に結びつけて考えなければいけないはずです。つまり、**「今」見ているものを、「今まで」や「これから」も視野に入れて意味づける力**が、読解力というときには重要であり続けてきたわけです。

同一文章の中でさえそうした見方が前提になるんですから、**お互いに独立した「文章」や「資料」を結びつける場合**にはなおさら重要になります。たった今見ている「文章」や「資料」に、先ほど見ていた「文章」や「資料」を頭の中で再現して重ね合わせる。そうした**「情報横断」的な作業**は、**幅広い視野**を持って情報を捉えないとできません。

▼本質的な特徴⑤ 文芸作品の枠の拡大

共通テストでは、**文芸作品の範囲が文芸作品全般に広がります**。

かつてのセンター試験では、「文芸作品」として出題されていたのは「小説」だけでした。

しかし、第7講の問題（問題5）を見ていただければわかるとおり、共通テストの試行調査では「**詩**」が出ています。

そして、その「詩」が「**文学的なエッセイ**（**随筆**）」**とセット**になっているんです。「文学的文章」の問題でさえ、文章が複数化するんですね。

ちなみに「エッセイ（随筆）」というのは、「**筆**（**に**）**随**（したが）（**う**）」という文字のとおり、思想家・学者や文学者といった人たちが、**自己体験や逸話**を交えたり、**心象**をそのまま言葉にしたり、**比喩**を多用したりと、**思いつくままに、くだけた文体で自己主張をしている文章**のことです。「評論」寄りの文体になる場合もあるのですが、大抵の場合は、大いに「**文学**」**的な文章**になります。

もちろん、試行テストではふつうの「小説」も出ていますが、このように詩やエッセイも出題されている以上、出題の可能性が**文芸作品全般**に広がっていると思っておかなければなりません。

なお、これは予測にすぎませんが、**短歌・俳句**といったものにまで、「文芸作品」の範囲は広がっていく可能性は大いにあります。

▼本質的な特徴⑥「表現の仕方」を問う問題

これはセンター試験から継承されてきたものなのですが、共通テストでは、文章の「内容」自身に加え、その「**内容**」**の**「**表現の仕方**」**を問う問題**が出題されます。本書で扱う問題3～5の三題全てが、一題につき**一問ずつ**、この「表現」を問う問題を含んでいます。

この問題の厄介な点は、**選択肢に書かれていることが本文の内容と合致しているかどうか判断するだけでは、設問に正解できない**場合があるということです。問われているのは、その「内容」が本文にあるかどうかだけではなく、その「**表現の仕方**」**の説明が正しいかどうか**もですから。

それから、「文学的文章」のほうで「表現の仕方」についての問題が出てきた場合によくあるのですが、選択肢の吟味に、「擬人法」「擬音語・擬態語」といった「**修辞法**」「**表現技法**」**の知識**を必要とする場合があります。「国語便覧」に出てくる範囲でいいですから、重要な暗記課題のひとつとしてカウントしてください。

▼本質的な特徴⑦ 制限時間が厳しい！

最後にもう一つだけ強調しておきたいのは、共通テストは**制限時間が厳しい**ということです。

実はかつてのセンター試験の最大の壁は、「制限時間」でした。「評論」も「小説」も、本文がめちゃくちゃ長いんですね。

それに選択肢も長かった。恐ろしいことに、センター試験の現代文だけで、本文・選択肢合わせておよそ一万五千字を超える字数を処理しなければいけなかったんです。

古文、漢文がどんな短さであれ、それも含めて「八十分」というべらぼうに厳しい条件の中で、受験生は制限時間と戦ってきたわけです。その厳しさたるや、**センター試験直前の十二月や一月になったたって、八割方の受験生が、「解答時間が間に合わない」、「時間さえあったらいい点数がとれるのに」と嘆いていた**くらいです。

じゃあ共通テストはどうなのか？　残念ながら、事態は全く変わりません。冒頭で示したとおり、現代文二題に古文と漢文の合計四題。制限時間はセンター試験と全く同じく**八十分**です。

「読む」「解く」ということを固めることが済んだら、皆さんとゴールを隔(へだ)てる最後の壁は、「**はやさ**」であるということを、今しっかりと心に留めておいてください。

以上、共通テストについて、その概要をお話ししてきました。

共通テストがどんなに新しい趣向を凝らしていても、どんなに手ごわい相手でも、「**解法**」**は必ずあります。攻略もできます。**どのくらいの「意識」でもって、どのくらいの「準備」ができるか、それ次第です。

次の回では、「現代文」の大前提、すなわち「文章がちゃんと読める」ということについてお話しします。「**現代文一般**」**ができてこその**「**共通テスト現代文**」ですからね。

第2章

現代文の基本を押さえよう

第2講 「文章読解」のコツ

今回の授業のテーマは、ズバリ「**読む**」です。

第1講で、共通テストでは「本文」の概念が変わると言いました。また、「読む」から独立した「設問を分析する」という課題が重要になってくるとも言いました。

ただし、試験の形態がどう変わろうが、「**文章読解**」が**「現代文」の大前提であることには変わりはありません**。しっかり読み方を確認していきましょう。

まずは、**問題1**（二〇一〇年度センター試験）の文章をもとにして、**実際に僕が「読解」をやっているところ**をお見せします。文章を読みながら、その都度考えていることを徹底的にしゃべっていきますので、それを聞いてもらう中で、僕が「読解」しているプロセスを皆さんに「**追体験**」してもらいたいと思います。

その中で、「自分だけで読んだときの理解」と「僕が読んでいるときの理解」を照らし合わせてみてください。

それと同時進行で、「**読解」のセオリー**もまとめていきます。

▼読解のコツ① 「抽出しながら要約」

では、文章の「読解」を始めるのに先立って、まずは目標を定めておきましょう。**何ができたら「読解」なのか**。実際に「文章が読めている」というのは、どういう状態を言うのか。

「文章を読む」というのは、目で文字を追っていって、目に映る文字を順番に「見ていく」ことだと思われがちです。でもそれは、本当の「読解」ではありません。

「読解」とは、「**読んで解**（わか）**る**」こと。「解っている」というのは、「**これが自分の解ったことです**」**と言え**

る状態のことです。

例えば、皆さんが何かの文章の第一段落を読み終えたとしましょう。そこで誰かに、「第一段落が解ったということを証明してください」って言われたら、皆さんどうしますか？「今自分は第一段落を読んだんだ。頭の中にはあるんだ！」とどれだけ言い張っても、それは「解った」の証明にはなりません。

やり方が一つだけあります。**皆さんの口から、第一段落を説明してくれればいいんです**。もしそれができないのであれば、皆さんがやったのは「**見た**」だけです。「**読んで解った**」じゃない。

まずはこの区別をちゃんとしましょう。ひと言で言えば、「**読解**」**というのは、相手に語って聞かせられる**「**要約**」**を作るということ**なんです。

このように言うと、「要約なんて試験中にやるのはムリだ！」と思われるかもしれません。そう思うのも当然です。「本文に書かれている事柄を、自分なりに言い換えて表現する」、そういう意味での「要約」は、試験会場で制限時間内にはそう簡単にできません。

そこでちょっとアドバイスです。第一段落の中で、「**この言葉さえ筆者が貸してくれれば、あとは自分の言葉をちょっと付け足して説明ができます**」って言えるような言葉は、皆さんにとってどの言葉ですか？

そう、**筆者の考えの説明をするんですから、筆者の言葉を借りてきてやればいい**わけです。つまり、文章を読解しているときにやるべきことは、「**要約**」**に使えそうな言葉を**「**抽出**」**すること**だ、ということになります。

抽出しながら要約を作っていく、これが「読解」ということの基本作業です。

> **読む**
> 抽出→要約

そうすると、皆さんから次のような質問がきます。「その抽出すべき言葉って、**どんな言葉**ですか？」、「借りてくる言葉を抽出する場合、何か**条件**があるんですか？」。

その質問に直接お答えするよりも、実際に僕が「要約」に向けて「抽出」をしているところを見ていただいたほうが早いと思います。

というわけで、前置きが長くなりましたが、実際に、今言った意味での「読解」をやってみますね。

第一段落

> フロイトによれば、人間の自己愛は過去に三度ほど大きな痛手をこうむったことがあるという。一度目は、コペルニクスの地動説によって地球が天体宇宙の中心から追放されたときに、二度目は、ダーウィンの進化論によって人類が動物世界の中心から追放されたときに、そして三度目は、フロイト自身の無意識の発見によって自己意識が人間の心的世界の中心から追放されたときに。

うーん。まずは「シュールな詩」としか言いようがありませんね。

でも、文章はまだまだこれから**長々と続きます**。そして、その長さで「一貫した主張」をしているのです。その「**序章**」も「**序章**」にすぎない**第一段落**だけで「読めた！」となることは、ふつうありません。

だから、**第一段落だけで何かを解ろうとしてはいけませんし、解ったと思い込んではいけません。**

さしあたり、整理だけはしておきましょう。先ほど、「要約」に向けての「抽出」っていうことをお話ししました。**この第一段落、何を「抽出」しますか？**

> フロイトによれば、人間の**自己愛**は過去に**三度**ほど大きな**痛手**をこうむったことがあるという。

人間の「自己愛」っていうのがあって、「三度」痛かったらしいですね。まず、**この人「三度」って数えたな、ということだけは一応意識して、**二文目にいきましょう。

> **一度目**は、コペルニクスの地動説によって地球が天体宇宙の中心から**追放されたとき**に、**二度目**は、ダーウィンの進化論によって人類が動物世界の中心から**追放さ**

> **れたときに、そして三度目は、フロイト自身の無意識の発見によって自己意識が人間の心的世界の中心から追放されたときに。**

二文目も「三度」数えていますね。そして、その「三度」は何の「三度」かというと、「**中心から追放**」だと。コペルニクスもダーウィンもフロイトも、「中心から追放」しているんです。

これで、一文目の「人間の自己愛」の「**痛手**」の意味がわかります。すなわち、「**人間の自己愛が痛手をこうむった」というのは、「人間が中心から追放された」ということとイコールだ**ということです。

はい。これで、とりあえず第一段落の「要約」ができます。

> **第一段落**
> **人間の「中心からの追放」が「三度」ほどありました。それで「人間の自己愛」が「痛手」を受けました。**

「」内は筆者の言葉、「」外は僕の言葉です。結局第一段落の二〇〇字で筆者がしゃべっていたことって、これだけなんです。

もっと縮めて、こんな感じにしておいてもいいね。

> **第一段落**
> **「中心からの追放」→「自己愛」が「痛手」（×3）**

これで約二十五字です。**二〇〇字が二十五字**。これだけでも、すごく頭がラクになりませんか？

先に行きましょう。第二段落に関しては、先に質問を出しておきます。第二段落には、**第一段落から引き継がれているもの**がありませんか？ 引き継がれているとしたら、それはどんな言葉でしょうか？

第二段落

> しかしながら実は、**人間の自己愛**には、すくなくとも**もうひとつ**、フロイトが語らなかった**傷**が秘められ

> ている。

「人間の自己愛」にある「傷」。**この「傷」って、第一段落の言葉で言い換えると、何のことですか？**

これって、第一段落一文目の「痛手」のことですよね。あるいは、二文目の言葉で言えば「追放」でもいいですよね。

ということは、この「傷」っていうのは、**第一段落の「人間の追放」による「自己愛」の「痛手」のこと**だ。そうつないでいいでしょう。

だったら、次の質問に答えることも簡単でしょう。**「もうひとつ」ってありますが、これ何個目ですか？**

「四つ目」ですね。

ということは、第二段落前半は、「**もうひとつ**」っていう言葉だけ押さえておけばいいわけです。**それ以外の事柄は、第一段落でしゃべったことをそのまま受け継いでいるだけ**ですからね。

つなげた結果、第二段落の前半の一文が、「もうひとつ」っていう言葉だけに限定されました。ごそっと文字が減りましたね。

第二段落（前半）

（自己愛の痛手は）もうひとつ

第二段落、二文目。

> だが、それがどのような**傷**であるかを**語るためには**、ここでいささか回り道をして、まずは**「ヴェニスの商人」**について語らなければならない。

「もうひとつ」を語るために、「ヴェニスの商人」の話をすると。今のところ「ヴェニスの商人」が何のことなのかはサッパリわかりませんが、「その**ために**」という語でここまでとすんなりつながりますね。

第二段落（全体）

（自己愛の痛手は）もうひとつ

そのためには

「ヴェニスの商人」を…

以上、さしあたり第二段落までの「**抽出**」をしてみました。抽出してきた言葉で、ここまでの「要約」をしてみましょうか。

> **宣誓、私、岩井克人は、今までに三回人間が追放されてきたところに、もうひとつ追放を増やします。そのために、今からヴェニスの商人について語りますからよろしくね。**

ここまで自分でしゃべれば、**ここから先も見えてきますよね。**

おそらく、ここから先で筆者がやることは二つです。

一つ目、**「ヴェニスの商人」をちゃんと説明してくれます。**

二つ目、**それを使って「人間」を「追放」します。**

ちょっと整理しただけで、「要約」になるもんでしょ？ それどころか、**先の推測までできちゃった。**

さあ、第三段落になると、いよいよ「**抽出**」**のために注目しなければいけない言葉の条件**が、ハッキリと出てきます。

第三段落

> ヴェニスの商人――それは、人類の歴史の中で「ノアの洪水以前」から存在していた**商業資本主義の体現者**のことである。…（略）…遠隔地とヨーロッパとのあいだに存在する**価格の差異**が、莫大（ばくだい）な**利潤**としてかれの手元に残ることになる。すなわち、ヴェニスの商人が**体現している商業資本主義**とは、地理的に離れたふたつの国のあいだの価格の**差異**を媒介して**利潤**を生み出す方法である。そこでは、**利潤は差異から**生まれている。

さあ、「ヴェニスの商人」が何なのかというと、「**商業資本主義の体現者**」だと。

これ、この段落内で二回言っていますね。ちょっとくどい（笑）。**一回言えば良いのに、なぜ二回も言ったんでしょうね？**

「くどい」ついでで、もう一つ確認すると、「差異」と「利潤」という言葉のセット、これもちょっとくどすぎじゃないですか？

わずか数行で三回。三文連続で、一文に一回、「差異」＝「利潤」という**同じセットの繰り返し**です。

▼読解のコツ② 「同じことをまとめる」

「読解」において「抽出」すべきものの第一条件は、こうした「**同じことの繰り返し**」です。

同じことを何度も繰り返して言っているだけだということをつかまえると、「読解」に不可欠な二つのメリットが発生します。

一つは、**頭の中に残さなければいけない言葉が適切に減っていく**ということです。

例えば、先ほどの「差異」＝「利潤」の三回の繰り返し。結局、**これって何個の事柄ですか？**

読解ができている人は、「**同じ一個の事柄を三回言っただけだ**」っていうふうに判断します。

「三個」分の字数を割いて、筆者は「一個」のことしか言っていない。**文字は増えているが、情報の数は増えていない**ということです。それがわかれば、単純計算で「**二個」分文字が減ります**。これが、「**文章をまとめる**」ということです。

もう一つのメリットは、**筆者が言いたいことを強く示す言葉を特定しやすくなる**ということです。

なぜ筆者は同じことを何度でも言うのか。**その回数だけ伝えたいという思いが強い**からです。

第三段落では、「ヴェニスの商人は商業資本主義の体現者なんだ」と二回言っていました。そして、その「商業資本主義」によれば「**利潤というのは差異から生まれるんだ**」って、これも三回言っていました。めちゃくちゃ言いたかったんですね。

それもそのはずですよ、第二段落とつないで考えてみてください。筆者が言いたいのは「**四回目の追放**」です。

その「**追放**」**のために、**「**ヴェニスの商人**」**の説明がいるんです**。ですから、「ヴェニスの商人」は何度繰り返して強調しても、強調し足りないんでしょうね。

読む
抽出→要約
→●同じことの繰り返しを「ひとつ」にまとめる
→文字が正しく減少
→筆者の伝えたいことの特定

話を戻しましょう。この第三段落のまとめは、こんな感じでしょうか。

第三段落
ヴェニスの商人＝商業資本主義
←差異→利潤

「商業資本主義」っていうシステムがあって、そこでは「差異」が「利潤（儲け）」になる。ちなみに、「差異」とは、ここでは「地域と地域の間の差異」ですね。

忘れてはならないのは、この第三段落は、**第一・二段落を引き継いで存在しているということです**。第一・二段落に第三段落をくっつけて、ここまでの全体を要約してみましょう。

私、岩井克人は、差異を用いて利潤を生みだす商業資本主義システムの話を用いて、今までに三回人間が中心から追放されてきたところに加え、もう一回追放します。乞うご期待！

このように自分でしゃべることができると、その頭の中にあるものと、これから読むものが結びついて、**どんどんまとまりがつけやすくなります。**

ところで、「要約」のために「抽出」すべき言葉の条件が、一つ確認できました。**何度も強調されているものにまずは着目し、その説明を拾っていく**ことが、**「読解」の基本作業の一つ**です。

ただ、**抽出すべき言葉の条件**はもう一つありますので、それを、本文の続きを見ながら確認していきましょう。

第四段落

> だが、**経済学**[A]という学問は、まさに、この**ヴェニスの商人**を**抹殺**するところから出発した。

第四段落に至って、最初の傍線部がきましたね。ただ、傍線自体は、今は放っておきましょう。それよりも大事なことがあります。

今、「経済学」という学問が出てきましたが、この「経済学」と「ヴェニスの商人」というのは、**お互いどんな関係にあるでしょうか？**

答えは、**「経済学」と「ヴェニスの商人」は、お互いに反対の、分けるべき関係になる**、です。

根拠は、傍線部の下のほうにある「**抹殺**」っていう言葉ですね。「抹殺」っていうのは「殺しちゃう」っていうことですから、この「経済学」は、「ヴェニスの商人」をやっつけようとしているわけです。したがって、**「ヴェニスの商人」と「経済学」は相容れないこと**になります。

そのまま先へ進めてみましょう。アダム・スミスの引用がありますが、これは一旦置いておいて、その先にいきます。

▼「ではなく」は要チェック！

第五段落で注目すべきは、二文目ですね。

第五段落

> スミスは、一国の富の真の創造者を、遠隔地との価格の**差異**を媒介して**利潤**をかせぐ**商業資本的活動にではなく**…

「差異」、「利潤」、「商業資本的活動」、これらの言葉を第三段落とくっつけて考えれば、ここで示されているのが「**ヴェニスの商人**」だとわかりますね。そして、それが直後の「ではなく」という言葉で受けられています。

どんな文章でも、**「ではなく」という言葉が出てきたら絶対にチェックして、有効活用してください**。「ではなく」の上と「ではなく」の下は、**絶対に反対関係になります**。

説明しておきましょう。「ではなく」までには「ではない」ものがきます。これは当たり前です。そして、「…ではなく」って言った後には、「…である」がきます。「でない」と「である」は絶対に反対になりますから、**「ではなく」は反対関係を作る境界線になります**。

この「ではなく」までが「ヴェニスの商人」だ。そして、「ではなく」から先にはその反対が出てくる。

では、その反対項とは何か？

> …商業資本的活動に**ではなく**、勃興（ぼっこう）しつつある**産業資本主義**のもとで汗水たらして**労働する人間**に見いだしたのである。

「ではなく」の後に出てきたのは「**産業資本主義**」です。「〇〇資本主義」っていう表現で揃えているあたり、この言葉は明らかに**「商業資本主義」の反対語**です。

「利潤」を生み出すものが「差異」なのか「労働する人間」なのか。この**対立**が、「商業資本主義」と「産業資本主義」という対立と重なっているんです。

ついでに確認しておくと、この「産業資本主義」って、傍線部Aの「**経済学**」のことでしょうね。「ヴェニスの商人」と「商業資本主義」が同じものであるならば、**この二つそれぞれと反対関係で出てきた「経済学」と「産業資本主義」も同じものであると考えるべきでしょう**。

先ほどの第三段落の要約につないで、まとめておきましょう。

ヴェニスの商人＝商業資本主義
↑
差異→利潤

ではなく

経済学＝産業資本主義
↑
人間の労働→利潤

▼読解のコツ③「分けるべきものは別々に」

ここで、「要約」のために「**抽出**」すべき言葉の条**件二つ目**が出てきたので、それを説明しておきます。

先ほど指摘したのは、**同じことの繰り返しを一つにまとめる**ということでした。それと同時に意識していただきたいのが、**異なるものを二つに分ける**っていう作業です。

文章は、一つにまとまっていくこともあれば、今見たように二つに分かれていくこともあります。「ここまではコレの話、ここからはアレの話。この二つは別々の話だよ」というように。

そうやって、**その二つに分かれた情報群は、それぞれでまとまっていって、それが二つの大きな「塊」になっていくん**ですね。今出てきた「ヴェニスの商人」、「経済学」がその例です。

そして、今度はその二つ目の「塊」がどこかで終わって、そこで**新しい切れ目ができる**。その先は**三つ目の話に切り替わっている**。それならば、そこはそこでまた別々に捉えて、「ここから先は三つ目」、みたいなカウントができるわけです。

そういう作業の繰り返しの中で、**文章の全体の「塊」の数が見えてきます**。「今までに読んできたものは、大きく分けると○個になるな」という理解です。

筆者は全体としていくつかのブロックに分けて話をしていますから、それを「つなぐ（まとめる）」「分ける」の繰り返しの中で把握していく。その先に、**文章の幅広い「要約」像が見えてくる**わけです。

読む

抽出→要約

→

●同じことの繰り返しを「ひとつ」にまとめる

↓ 文字が正しく減少

↓ 筆者の伝えたいことの限定

&

●異なるものを「ふたつ」に…

↓ 話全体の「塊の数」が見える

以上、「要約」のために「抽出」すべき言葉の条件の二つ目でした。

ところで、第五段落には、まだもう一つ文が残っています。

実は、この第五段落最後の一文も、この一文だけで「読解」のための極めて重要なコツを示すポイントになっています。

> それは、経済学における「人間主義宣言」であり、これ以後、**経済学は「人間」を中心として展開されること**になった。

この一文は、サラッと読んでしまえば何てこともなさそうな一文です。直前に書いてあった、「産業資本主義は人間の労働を利潤の源泉とみなす」っていう話のほうに目がいってしまい、この一文の重要性になかなか気づけません。

ですがこの一文、僕らはある文言に過敏に反応すべきなんです。すなわち、**「『人間』を中心として展開されることになった」**。

ここから、**筆者が、この「産業資本主義」についてこの先でどんな態度に出るか**、もうわかるんです。

カギになるのは、今の「**中心**」という言葉です。

第一段落に話を戻しましょう。「人間の自己愛」というのがありましたね。で、それが「三度」ほど「痛手」をこうむった。そしてその「痛手」というのは、「**中心から追放**」のことだと。

それを受けて第二段落では、「**人間の中心からの追放をもう一つ加えますね**」という宣言がありました。

そして、「産業資本主義」は、「人間」を「中心」とする……。

以上をとりまとめると明らかになること。筆者は間違いなく、**第六段落以降のどこかで、確実に「経済学」、「産業資本主義」を「追放」する方向に向かっていきます**。理由は今見たとおりです。「人間」を「中心」に据えるこの「経済学」、「産業資本主義」こそが、これから「追放」するターゲットだったんです。

というわけで、この文章の先で、**筆者は必ず「産業資本主義」の批判に回ります**。

読解のコツ④「距離意識」

今示したことから、文章を読むときに必要な意識が二つ出てきます。

一つは、**距離を越えて文章をつないでいく意識**、**距離意識**です。

僕たちは、文章を読んでいるときに、今見ている言葉、今見ている文に視野が狭まってしまいがちです。今見ているものから大体前後三行くらいの幅しか意識にのぼっていなかったりします。

でも、今第五段落で確認したように、筆者はもっと文章全体の幅広い枠組みの中で話をしています。

だから我々も、今見ているところを越えて、遠くのほうまでを視野に収めていかなければいけないわけです。それこそ、**第五段落の「人間」「中心」を見て、第一段落の「中心からの追放」と結び付ける**ように。

このように、文章を読んでいるときには、**今見ているものだけにとらわれずに、幅広く距離を取ってつながる関係にも着目**していきましょう。

読解のコツ⑤「往復意識」

それから、距離意識に加えてもうひとつ大事なのが、**往復意識**です。

文章は上から下へ流れています。そして行が変わって右から左へと流れていきます。つまり文章は左下に向かって一直線に進んでいきます。

そうすると僕らは、思わずその**一直線上のベクトルで読んでいくものだという幻想**にとらわれがちになります。あたかも今までに目を通したところはもう二度と見る必要がないかのように、左下に向かって一直線で読んでいくんですね。

だけど実際に文章を理解するということになると、そういうふうに一直線で動いていけばいいとは限りません。

例えば第五段落の「中心に据える」を見たときに意識を向けなければいけないのは、左のほうではなくて、**むしろ右のほう**、第一段落で書かれていた「追放」のほうだったはずです。

つまり文章というのは、**行ったり来たりしながら読**

まなければいけないものなのです。

皆さんは、「行ったり」はものすごく得意なんです。だけれども、「来たり」のほう、つまり「戻る」っていうことが上手にできない。だから文章を読んでいる端から、今読んだものを忘れていくんですね。

読む

抽出→要約

●同じことの繰り返しを「ひとつ」にまとめる

→文字が正しく減少

→筆者の伝えたいことの限定

&

●異なるものを「ふたつ」に…

→話全体の「塊の数」が見える

◎距離意識
→
◎往復意識

その結果は、「**今見ている前後三行がわかる**」**が延々と繰り返されている**という、「読解している」というよりも「見ている」だけの状態がずっと持続するという事態になります。

とても難しいことだとは思うんですが、**目は左のほうへ動いていきながらも、頭の中は今まで読んできた右のほうへと戻っていくような読み方**を心がけてほしいと思います。

さあ、ここまでで、文章を読むときのコツはほとんど出尽くしたと思います。

「読む」ということは、ただ文字が目に入ってくるという受動的な行為ではなくて、**自分から動いていかないといけない行為**だっていうことを忘れないでくださいね。

ついでに言っておきますと、以上のような課題に向き合うために、**皆さんの読むスピードは、もっと遅くなる**と思ってください。多分皆さんは、今でさえも「自分は読むのが遅い」って思っているでしょうが、**もっと遅くしてください**。

今言ったような作業に慣れてきて、「ちゃんと読むっていうのはこういうことか！」という実感が出てくれば、「**それを早くする**」という目的が明確になりますから、今度は**正確さを伴った早さ**が得られるような状況を作る土台ができます。早く読もうとするのはそれからでも十分だと思います。

第五段落で確認したかった事柄はこれで大体全部です。かなり濃密な、色々なことを考えなければいけない段落でしたね。

ともあれ、筆者はこれ以降のどこかで、必ず「産業資本主義」の批判に回るはずだということは確認できました。それをふまえて、ここから先の目標となる問いだけは立てておきますね。**「産業資本主義」が「追放」されるという話に移るのは、第何段落からでしょうか？**

この問いを意識しながら、先へいきましょう。

第六段落

たとえば、リカードやマルクスは、スミスのこの人**間主義宣言**を、あらゆる商品の交換価値はその生産に必要な労働量によって規定されるという**労働価値説**として定式化した。

まだこの段落では、「**産業資本主義**」**自体の説明**が続いていますね。

「労働価値説」は「労働」が「価値」になるんだっていう考え方。「価値」っていうのは、表現は違いますが、「**利潤**」のことでしょうね。

だとしたら「労働が価値になるんだ」っていうのは「**労働が利潤になるんだ**」っていうことですね。これって思いっきり「産業資本主義」じゃないですか。

▼「事例」は「同じことの繰り返し」

それからもう一つ。この段落は、「**たとえば**」で始まっていますよね。

皆さんは、「『たとえば』の後には具体例が来るから、そこはサラッと読んでいい」とか、「具体例は直接的には答えにならないから、読み飛ばしちゃってもいい」

みたいなことを考えているかもしれません。

でもちょっとその考え方は危険かもしれません。具体例だって立派な本文の情報の一部だし、**具体例自体の内容が問われている問題**だって、ふつうにあります。だいいち、**「読み飛ばし」は現代文においては御法度**(ごはっと)です。

これからは次のように押さえておいてください。

「たとえば」によって示される具体例は、今まで言ってきたことの繰り返しである。

筆者が「事例」を出す理由は、二つあります。

一つは、自分が今言ったことに対して、**事例でもって「証拠」を示したい**んです。

もう一つには、自分が今言ったことに対して「これじゃわかりづらいだろう」という思いから、**事例でわかりやすくもう一度言おうとしているん**です。

どちらにしても、自分が言いたいことを「**事例**」に**落とし込んで繰り返そうとしている**ことに、変わりはありません。

というわけで、「たとえば」にしても「労働価値説」にしても、この段落は「産業資本主義」の繰り返しです。新しい情報はありませんから、この段落の中で押さえなければいけない言葉は一つもなかったということです。**僕らが知っていることをもう一度言っているだけ**ですからね。

わかりますか? **今、段落が一つゴソッと減ったん**です。こういうふうに、読んでいる自分をどんどんラクにしてあげましょう。

先へいきます。次の段落は途中(二文目)から見ていきましょう。

第七段落

> **労働者が生産するこの剰余価値**――それが、かれらが見いだした産業資本主義における**利潤の源泉**なのであった。もちろん、**この利潤**は産業資本家によって搾取されてしまうものではあるが、リカードやマルクスは**その源泉**をあくまでも**労働する主体としての人間**にもとめていたのである。

先ほどの「たとえば」の段落から話は変わっていません。**この段落もゴソッと落ちます**。合計二段落、第五段落と同じことの繰り返しでしたから、頭の中に残さなくていいです。

では次の段落はどうでしょうか。冒頭の一文だけ読んでみましょう。

第八段落

> **だが**、産業革命から二百五十年を経た今日、**ポスト**産業資本主義の名のもとに、**旧来の**産業資本主義の急速な**変貌**（へんぼう）が伝えられている。

この一文から考えて、この段落も今までと同じ「産業資本主義」の繰り返しと言えるでしょうか？

そうとは言えない理由が三つもあります。

まず、「ポスト産業資本主義」という言葉です。

「**ポスト**」というのは、「後」、あるいは「それを乗り越えた先」といったような意味です。大抵の場合は、ポストの後に名詞がきて、「ポストX」という形で、「**Xの後**」とか、「**Xが乗り越えられたその先**」という意味で使われる言葉です。

ということは、「ポスト産業資本主義」というのは、「産業資本主義が終わった後」、「産業資本主義を乗り越えたその先」というような意味になります。当然ながら、この段落では、**産業資本主義は終わっている**ことになりますね。

二つ目の理由は、今言ったことと重なるんですが、この「ポスト産業資本主義」っていう言葉の直後に、「**旧来の**産業資本主義の急速な**変貌**」とあります。ということは、もうこの段落では、「**産業資本主義**」が「**変貌**」前の「**旧来**」**のもの**、つまり**終わったもの**になっています。

そして何より第三に、この段落の冒頭は「**だが**」という**逆接の接続詞**で始まっています。これも、ここまでとこれからで話が切り替わっている決定的な証拠です。

▼逆接の接続詞の用法

さて、ここで少し、**逆接の接続詞の捉え方**について触れておきます。

「逆接の接続詞があったら、**その後ろに筆者の強い主張が来る**から、それをきっちりと押さえていきなさい」というふうによく言われるのですが、その押さえ方はちょっともったいないのではないかと思います。

逆接の接続詞の「後ろ」をだけ捉えていくと、残念ながら、その「前」が見失われがちになります。でも、逆接の接続詞っていうのは、**その「前」と「後」が反し合う関係にあることを示すもの**なんです。

いくつかパターンを挙げてみますね。「**昔**はこうだった、だが、**今**はああなっている。」とか、あるいは、「**文明**っていうのはXっていう特徴を持っているんだけれども、**文化**っていうのはYという特徴を持っている」とか。これらは、「今」と「昔」、「文化」と「文明」が**お互いに反対関係にあるよ、お互いにずれ合う関係にあるよっていうことを示している**ものですね。

それなのに、逆接の後ろだけを拾ってしまうと、互いに反しあう両側のうち片側だけ、つまり、「今」や「文化」しか視野に入らなくなってしまいます。でも、本当は、「**今**」と「**昔**」**の反対関係**、「**文化**」**と**「**文明**」**の反対関係こそが大事**なんです。

ですから、逆接を見た場合には、その**両端**を押さえてください。その両端が、どのようにずれ合っているかをちゃんと確認し、その**両端のキーワードを二つとも押さえていく**、これが正しい逆接の押さえ方です。

第八段落に戻ります。

今示した理由から、第七段落までが「産業資本主義」で、第八段落以降が「ポスト産業資本主義」だという、**分かれ目**ができました。先ほども言ったとおり、**分けるべきものは別々の「二つ」として捉えましょう。**

このタイミングで、一応の確認です。**今のところ資本主義は何個ありますか？**

この「ポスト産業資本主義」を入れて三個です。第一に、「**商業資本主義**」。「ヴェニスの商人」のことです。第二に、それを「抹殺」しようとした「経済学」の時代、「**産業資本主義**」の時代。そしてその時代が終わった先に、第三の「**ポスト産業資本主義**」という時代がやってきました。

この文章は、ここまでで「**時代**」**ごとに分けられた三つの**「**塊**」**を順番に並べる**という構造をとっているわけです。ということは、今のところ、この文章は**三つの話しかしていないん**です。

「だが」の文の先へいきます。

ポスト産業資本主義――それは、加工食品や繊維製品や機械製品や化学製品のような実体的な工業生産物にかわって、技術、通信、文化、広告、教育、娯楽といったいわば情報そのものを商品化する**新たな資本主義の**形態であるという。そして、このポスト産業資本主義といわれる事態の喧騒のなかに、われわれは、ふたたび**ヴェニスの商人**の影を見いだすのである。

ここで「**ヴェニスの商人**」っていう言葉が出てきたのは、非常に重要ですね。「ヴェニスの商人」というのは、第一の時代、「商業資本主義」の時代の話です。それが**第三の時代、「ポスト産業資本主義」の時代に戻ってきた**わけです。

ポスト産業資本主義
＝
ヴェニスの商人

ついでにもう一つ確認しておきましょう。「**ヴェニスの商人」によれば、「利潤」っていうのは何から生まれるんでしたっけ?**

それにも気を配りながら次の段落を読んでいきましょう。**目は左に。しかし頭の中は常に右（今まで）に。**「往復意識」を忘れないでね。

第九段落

なぜならば、商品としての情報の価値とは、まさに**差異**そのものが生み出す**価値**のことだからである。

「ヴェニスの商人」の下では、「差異」が「利潤」になるんだ。これ自体は何ら新しいことでも、驚くことでもありません。第三の「ポスト産業資本主義」の時代になって、**「差異」が「利潤」だと言える時代が戻ってきたと。**

さあそのまま読んでいきましょう。そうするともっと面白いことになります。

> 事実、すべての人間が共有している情報とは、その獲得のためにどれだけ労力がかかったとしても、商品としては無価値である。

今、**「労力」は「無価値」だ**って言っちゃいましたね。

第五段落を思い出してください。先ほど、「産業資本主義」は**「労働」こそが「利潤の源泉」**だって言っていましたよね。それを今、はっきりと「無価値」って言いました。

ほら、**もう「追放」が始まっている……。**

> 逆に、ある情報が商品として高価に売れるのは、それを利用するひとが他のひととは異なったことが出来るようになるからであり…

「高値に売れる」、これは「利潤」の言い換えです。

それから、「異なったこと」って要するに「差異」ですね。だったら、「高値なのは異なっているからだ」っていうのは、「利潤は差異から生まれる」ともう一回言っているだけです。**違う表現であってもただの言い換え、つまりは「繰り返し」**です。

だったらこの次の一文についても、「そうでしょうね！」という言葉しかありません。

> それはその情報の開発のためにどれほど多くの労働が投入されたかには無関係なのである。

「労働」は「無関係」。ついさっき言ったことの繰り返しです。

というわけで第九段落は、「差異こそ利潤！」と「労働は無関係！」、これを二回ずつ繰り返しているだけでした。

先ほども言ったとおり、**くどいほどに言うってことは、それだけ言いたいってこと**です。実際、筆者の課題は、**「ヴェニスの商人」を推して「産業資本主義」を「追**

放」することですからね。

そして、岩井先生の勢いはとまらず……

第十段落

まさに、ここでも**差異が価格**を作り出し、したがって、**差異が利潤**を生み出す。それは、あのヴェニスの商人の資本主義とまったく同じ原理にほかならない。すなわち、このポスト産業資本主義のなかでも、**労働する主体としての人間**は、商品の価値の創造者としても、一国の富の創造者としても、もはやその**場所をもっていない**のである。

第十段落も、第九段落に続いて、同じことをもうひと押し。

この段落で確認しておきたいのは以下の一点だけです。最後の一文にある、「**場所をもっていない**」と置き換え可能な言葉があるとしたら、漢字二字の単語ひとつで何かありませんか？

答えは「**追放**」です。

第一段落にあったとおり、「人間」は「中心」にいたんです。「自己愛」というくらいだから、「人間」は「自分大好き」だったんです。

そして、この「自分大好き」を「経済」バージョンで説明していたのが、第五〜第七段落の「産業資本主義」だっていうのもわかりますね。すなわち、**「人間」は経済の根幹たる「利潤追求」活動の「中心」なんだと**。

その人間に、「利潤」追求において「**場所を持っていない**」と言い放ったわけですから、**これを「追放」と言わずして何と言うのですか**。

筆者は、冒頭で自分自身が放った公約を、ちゃんと実現しましたよ。すなわち、「人間の自己愛」のもうひとつの「傷」、「人間」の「中心からの追放」を、今、ちゃんと果たしたわけです。

ね？　第一段落から第十段落までの幅広い流れが、一つにまとまる瞬間っていうのが、こうやって作れるわけです。そのためには、**距離意識と往復意識**が必要です。

すでに読んできたところに戻って、それを捕まえてまた今読んでいるところに戻ったり、あるいは、今読んでるところから、さっきまでのところに頭を戻していったり。こういう**行ったり来たりの作業**が重要だっていうことは、何度でも強調しておきます。

ポスト産業資本主義
＝
ヴェニスの商人
差異→利潤
労働は無関係→「人間」追放

さあ、本文も残すところ、あと三分の一ぐらいですね。

第十一段落

いや、さらに言うならば、伝統的な経済学の独壇場であるべき**あの産業資本主義社会のなかにおいても**、われわれは、抹殺されていたはずの**ヴェニスの商人**の巨大な亡霊を発見しうるのである。

先ほどまでの理解を確認しておきますと、時代が三つありました。第一に、「差異が利潤だ」とする「商業資本主義」の時代。第二に、「人間の労働が利潤だ」とする「産業資本主義」の時代。そして、再び「差異こそが利潤だ」とする「ポスト産業資本主義」の時代。

二番目の「産業資本主義」の時代は、「**人間の労働**」**が**「**中心**」**だって**言っていたけど、それが次の時代にはそうじゃなくなった。つまり、**第三の時代に至って、第一の時代の「差異こそが利潤だ」という考え方が戻ってきた**。

そこに来て、この一段落は何と言ったか。

実は、**第二の「産業資本主義」の時代さえも**、「ヴェニスの商人」の時代、つまり「人間の労働」じゃなくて、「**差異**」**が**「**利潤**」**になる時代だ**って言ったんです。どうやらここから先では、**相当強い**「**追放**」をやろうとしているようですね。

では、第十二段落に移ります。が、ここまで順調だった読解も、ここでちょっとした難所にぶつかります。

第十二段落

産業資本主義——それも、実は、**ひとつの遠隔地貿易**によって成立している経済機構であったのである。ただし、産業資本主義にとっての遠隔地とは、海のかなたの異国ではなく、一国の内側にある**農村のこと**なのである。

「産業資本主義」も、「ひとつの遠隔地貿易」であった。そしてその「遠隔地」とは、「農村」のことだ。「遠隔地貿易」っていうのは、第三段落の「商業資本主義」のところでも出てきましたね。値段の安いところで買って、値段の高いところで売ると、その差異が利潤になる……という話です。随分と前に出てきた概念ですから、全く新しい話が突然出てきたように思ったかもしれませんね。

そして、この「**遠隔地**」のようなものが「産業資本主義」にもあって、それがこちらでは「**農村**」だと。この「農村」っていうのは、**今までに一度も出てこなかった全く新しい概念**です。

話が一挙に前に進みだしました。この段落、今までとどうつなげたらいいいんでしょう?

次の段落になると、さらにその困惑が深まります。

第十三段落

産業資本主義の時代、国内の農村にはいまだに**共同体的な相互扶助の原理**によって維持されている多数の人口が滞留していた。そして、この農村における過剰人口の存在が、**工場労働者の生産性**の飛躍的な上昇にもかかわらず、彼らが受け取る**実質賃金率**の水準を低く抑えることになったのである。たとえ工場労働者の不足によってその実質賃金率が上昇しはじめても、農村からただちに人口が都市に流れだし、そこでの賃金率を引き下げてしまうのである。

「共同体的な相互扶助の原理」、「工場労働者の生産性」、「実質賃金率」。「農村」の説明が出てくるかと思いきや、ゴリゴリの経済学用語のオンパレードですね。

そして、さらに重要なことに、「差異」とか「利潤」

とかといった、今までの要約で中心的だったキーワードが姿を消してしまいました。**今までとのつながりが断たれてしまったん**です。

この二段落、どうやって読んでいったらいいんでしょう……？

▼「往復意識」の応用

この厄介な第十二・十三段落を攻略するために、**「往復意識」の応用**の話をしてみたいと思います。

皆さんには、今読んでいるところが何を言っているかわからなくて、そこで動きが止まってしまい、そこを何度も読み返してしまうっていう経験、ありませんか？

そういうときって、「意味がわからないのは自分のせいだ」って思っていますよね？ だから、自分がわかるまで何度も読んでいれば、いずれは理解できるはずだと考えちゃう。

でも、何度読み返してもわからないのは、文章のせいだという可能性はないでしょうか？ つまり、**文章が「そこ」でわかるようには書かれていない**からではないでしょうか？

筆者はいつでも「形式段落」単位でものをしゃべっているとは限りません。いくつもの段落を組み合わせて、それを一つの「塊」として提示していたりします。

その場合、**「塊」の一部に過ぎない一つの段落だけを見て、それが何の話なのか実感することは不可能**です。なぜなら、その**数段落先にあるだろう、その「塊」全体の「オチ」を見ていないから**です。

ですから、皆さんがやるべきことは、今読んでいるその部分で留まることではなくて、**一旦先にいく**ことです。

一旦先にいって、「塊」の「オチ」にあたるところを見て、「ああ、こういう話だったんだ」とわかってから、その理解を持ってそこに戻ってくるという、**往復運動をする**ことです。

このように、**往復**っていうのは、**「さっき見ていたものに戻る」**っていう仕方で必要とされる場合もあれば、**「先へ一旦行っちゃって、何かがわかったら、そこから元のところへ戻ってくる」**っていう仕方で行われる場合もあるのです。

そういうわけで、**第十二・十三段落は、思い切って放っておきましょう。**先に第十四段落を読んでみて、何かつかまえましょう。

第十四段落

それゆえ、都市の産業資本家は、都市にいながらにして、あたかも遠隔地交易に従事している**商業資本家のように**、労働生産性と実質賃金率という二つの**異なった価値体系の差異を媒介できる**ことになる。もちろん、そのあいだの**差異が、利潤**として彼らの手元に残ることになる。これが**産業資本主義**の利潤創出の秘密であり、それはいかに異質に見えようとも、**利潤は差異**から生まれてくるという**あのヴェニスの商人**の資本主義とまったく同じ原理にもとづくものなのである。

「商業資本家」は「差異を媒介」して、「利潤」を得る、それが「あのヴェニスの商人」のあり方だ。これらは、全て聞き覚えのある話ですね。**第十二・十三段落はわからなくても、**第十四段落のこの話はわかります。

そして、**それが「産業資本主義」にも当てはまる「利潤創出の秘密」である**と続いています。その前にあった「商業資本主義」、後にやってくる「ポスト産業資本主義」と同じように。

ところで、これって第十一段落ですでに確認した話ではありませんでしたか？ ちょっと戻ってみましょう。「往復意識」を忘れずに。

（再び）第十一段落

いや、さらに言うならば、伝統的な経済学の独壇場であるべき**あの産業資本主義社会のなかにおいても、**われわれは、抹殺されていたはずの**ヴェニスの商人**の巨大な亡霊を発見しうるのである。

これって、第十四段落と同じ話ですよね。正確には、第十四段落が第十一段落を繰り返しているんですが。

ここから、**先ほどは放っておいた第十二・十三段落**

が何の話をしているのかにも、見当がつけられませんか？
例えば、今読んでいる第十四段落では、「差異」は何と何の間の「差異」ですか？
もちろん、「**労働生産性**」と「**実質賃金率**」、この二つの「差異」です。「産業資本主義」は、「人間の労働」から「利潤」を生み出していたように見えて、**実は「労働」と「賃金」の「差異」から「利潤」を生みだしていた**。これでいいね？
だったら、第十二・十三段落だって、「**労働**」と「**賃金**」の「**差異**」**に関わる言葉だけを集中的に押さえる**感じで、読み直してみるわけです。そうすると大事な言葉がギュッと限定できます。

（再び）第十二段落

産業資本主義──それも、実は、ひとつの遠隔地貿易によって成立している経済機構であったのである。ただし、産業資本主義にとっての遠隔地とは、海のかなたの異国ではなく、一国の内側にある**農村**のことなのである。

先ほども言いましたように、「**農村**」は今までになかった新しい単語です。これをちょっと頭の中に引っかけたまま第十三段落も改めて見てみます。

（再び）第十三段落

産業資本主義の時代、国内の**農村**にはいまだに共同体的な相互扶助の原理によって維持されている多数の人口が滞留していた。そして、この**農村における過剰人口**の存在が、**工場労働者の生産性**の飛躍的な**上昇**にもかかわらず、彼らが受け取る**実質賃金率**の水準を**低く抑える**ことになったのである。たとえ工場労働者の不足によってその実質賃金率が上昇しはじめても、農村からただちに人口が都市に流れだし、そこでの**賃金率を引き下げてしまう**のである。

「**労働者の生産性**」が「**上昇**」。「にもかかわらず」、「**賃金**」は「**低く抑える**」。これ、まとめると何になりますか？
答えは、「**差異**」ですね。片側には「工場労働者の高い生産性」。もう片側には「工場労働者の低く抑えられた」賃金。この「**高い**」**と**「**低い**」**の**「**差異**」**が利潤の源泉だ**と。これで、この段落は第十一段落から第十四段落までの流れに回収できましたね。

さて、あとは「農村」です。「農村」には、「過剰人口」が「存在」していて、それで「賃金」を「低く抑える」ことができたと。これは、この段落終わりのほうでも、「賃金率を引き下げてしまう」という言葉で繰り返されていますね。

ということは、第十二・十三段落に突如出てきた「農村」っていうのは、その「**過剰人口**」によって「**賃金率が低い**」**ということの原因**になった場所なんですね。

要約してみましょう。

産業資本主義（本当は…）
~~人間の労働→利潤~~
差異→利潤
↓
高い生産性　&　低い賃金
↑
農村の過剰人口

本当の「産業資本主義」は、工場の「高い生産性」と「農村の過剰人口」による「低い賃金」との間の「差異」によって「利潤」が生まれるっていうシステムだったんだよ、だから本当は、「人間の労働」が「中心」にあって、それが「利潤」を生んでいるんじゃなかったんだよ。……こういう話ですね。

この第十一〜十四段落は、行ったり来たりして理解しなきゃいけない場所、サラッと読んじゃいけない場所だったんだっていうことは、重ねて強調しておきます。ここがこの文章の一番の難所だったかもしれませんね。

ともあれ、それも理解に組み込むことができましたので、先へいきましょう。傍線部Cが出てきました。

第十五段落

この産業資本主義の利潤創出機構を支えてきた**労働生産性と実質賃金率とのあいだの差異**は、歴史的に長らく安定していた。**農村が膨大な過剰人口**を抱えていたからである。

今となっては、この段落の前半は楽勝です。第十四段落までと同じことの繰り返しですもんね。「農村」の「過剰人口」のおかげで、「差異」が「歴史的に長らく安定していた」。

段落の後半。

そして、この差異の歴史的な安定性が、その背後に「人間」という主体の存在を措定してしまう、C伝統的な経済学の「錯覚」を許してしまったのである。

「措定（そてい）」っていうのは耳慣れない言葉ですが、簡単に言うと、「**考え方を立てる**」っていう意味です。「定（める）」という字が入っているので、見当はついたんじゃないかな？

「伝統的な経済学」が、「差異」の「背後」に「人間」を見て取ってしまうと。**「人間」が「差異」を支えているように見えたんだ**と。そして、その見方は「**錯覚**」、**間違い**であると。

お気付きかもしれませんが、**この「錯覚」をしていた「伝統的な経済学」っていうのは、「人間の労働こそが中心だ」と言い張っていた**「**産業資本主義**」のことですね。

第十六段落

かつて**マルクス**は、人間と人間との社会的な関係によってつくりだされる商品の価値が、商品そのものの価値として実体化されてしまう認識論的錯覚を、商品の物神化と名付けた。その意味で、差異性という抽象的な関係の背後に**リカードやマルクス自身が措定して**

きた主体としての「人間」とは、まさに物神化、いや人神化の産物にほかならないのである。

マルクス、リカードっていうのは、第六段落で出てきた人たちですね。確か、「**産業資本主義**」**を主張していた人たち**です。

この人たちの名前を取り囲むように、いかにも「思想」がかった言葉がたくさん並んでいますが、僕らが押さえておくべきなのは、せいぜい最後のほうにある、彼らが「**人間**」**を**「**主体**」**として**「**措定**」**してきた**というところだけでしょう。要するに、第十五段落にあった「錯覚」の繰り返しです。

第十七段落。残すところあと二段落です。

第十七段落

差異は差異にすぎない。産業革命から二百五十年、多くの先進資本主義国において、無尽蔵に見えた**農村における過剰人口**もとうとう**枯渇**してしまった。

漢字問題になっていた「枯渇（こかつ）」は、文字どおり「枯れてなくなってしまう」っていう意味ですね。「農村」の「過剰人口」が、いなくなってしまうと。

この「過剰人口」が「利潤」を支えていたっていう第十四段落の話を思い起こせば、ここから先は、実際に目にする前に推測ついちゃいますね。

実質賃金率が上昇しはじめ、もはや労働生産性と実質賃金率とのあいだの**差異**を媒介する産業資本主義の原理によっては、**利潤**を生みだすことが**困難になってきた**のである。

「賃金低下」の原因だった「過剰人口」がいなくなったらどうなるのか。当然「賃金」が**上がります**。「賃金」が上がれば、「労働生産性」との「差異」が**縮まります**。「差異」が縮まれば、「利潤」は**減ります**。今まで書いてあった「**差異**」→「**利潤**」**のメカニズムを反転させたもの**が書いてあるだけです。

ということは、これって「**産業資本主義**」**の終わり**っていうことなんじゃないでしょうか。

と思いながらその先を読んでいくと……。

あたえられた差異を媒介するのではなく、みずから媒介すべき差異を意識的に創り(つく)だしていかなければ、利潤が生み出せなくなってきたのである。その結果が、差異そのものである情報を商品化していく、現在進行中の**ポスト産業資本主義**という喧噪(けんそう)に満ちた事態にほかならない。

「**ポスト産業資本主義**（産業資本主義の**終わり**）」。ああ、やっぱりね、となるわけです。

「産業資本主義」が終わって、「ポスト産業資本主義」が始まって、そのポスト産業資本主義が「情報そのものを商品化」していくんだと。

ここには書いてありませんが、傍線部Bのところに、話が戻りましたね。第八段落を蒸し返して補っておくと、**だからもう**、「**差異**」**を生み出す**「**人間の労働**」（これはそもそも「錯覚」なのですが）**なんてアテにしていないんだ**ということでしょう。

そして最後の締めですね。

第十八段落

差異を媒介して利潤を生み出していた**ヴェニスの商人**――あのヴェニスの商人の資本主義こそ、まさに普遍的な資本主義であったのである。そして「人間」[D]は、この資本主義の歴史のなかで、**一度としてその中心にあったことはなかった**。

この段落の中で大事なのは、「**普遍的**」、そして「**一度として……なかった**」という言葉でしょう。

「普遍的」というのは、簡単に言うと「いつでも、どこでも、誰にでも妥当する」という意味です。この場合に強く出ているのは、「いつでも」でしょう。だって、「商業資本主義」「産業資本主義」「ポスト産業資本主義」の**いずれの時代においても**、「**利潤**」**を生むシステムは**「**ヴェニスの商人**」**だった**、「人間」じゃなかったっていう話ですから。

そして、それを裏側から言えば、「**人間**」**が**「**利潤**」

を生んだ時代は、「一度として……なかった」ということになります。この二文は、同じことの裏表ですね。

ちなみに、この「一度として……なかった」の時点で、**「人間」の完全な「追放」が完了した**ことは、言うまでもありません。筆者は、**冒頭の二つの段落で掲げた公約**を、きちんと果たしきったわけです。

以上、実際に文章を読んでいく過程をお見せしていく中で、**「読む」ということのコツ**を示しました。

次の講では、この文章の設問を使って、「選択式問題」の解答の仕方についてお話ししていきます。

第3講 「選択式問題」のコツ

この講のテーマは、「**選択式問題**」**のコツ**です。

まずは、どんな選択式問題でも共通の課題になる、**選択式問題「一般」**のコツについてお話しします。

そして、そのコツを適用しながら、第2講で読んでもらった文章（**問題1**）の設問について解説を進めていきたいと思います。

ただ、問2と問5はその「一般論」だけで解答できてしまうのに対して、問3、問4、問6については、ちょっと特殊な解き方を要求するところがあります。

これらについては、設問ごとに「コツ」の項目を追加しながら解説していきます。

1 選択式問題の一般的セオリー

▼コツ① 「記述」的態度→「逆流」を防ぐ

選択式問題のコツその①は、**「記述」的な態度**です。

第1講でもお話ししましたが、選択式問題っていうのは、一見「**受け身**」でいけちゃうように感じられます。

答えは出題者のほうで準備してくれているわけですから、我々がしなければいけないことは、それを吟味するだけです。

だから皆さんは、**自分から何も言葉を使わずに、ただ見ているだけで答えが出てくるように考えがちなんです。**

でも、それは非常にまずい態度です。「答えを自分では言えないが、言われたら答えだとわかる」というのは、**選択肢に誘導されて解答を選ばされているだけ**

になってしまいますから。

さて、「記述」的な態度と絡めて、もう一つ。

選択式問題で絶対に守ってほしい条件は、**「逆流」を防ぐこと**です。どこからどこへの逆流かというと、**「選択肢」から「本文」への逆流**です。

本文が読めたと思って、選択肢に向かいますね。ところが、選択肢ってどれもこれも、すごくもっともらしい言い方をしています。いかにも「本文どおり!」な顔をしているんです。

そうすると、その**見かけ上のもっともらしさ**に気圧(けお)されてしまって、「言われてみれば、確かに本文でそういうふうに書いてあったかもしれないな」と、選択肢の情報をもとに本文を再構成してしまう。

本当なら、**「読めた本文を選択肢にあてて吟味する」というベクトルでなければいけないのに、「選択肢の情報が本文の理解に流れ込む」という、逆のベクトルの動きが発生してしまった**わけです。これが、**「逆流」**が起きた瞬間です。

そうなった時点で、皆さんのやっていることは「現代文」でも何でもありません。**ただの「運試し」**です。

幸いにも、20~25%の確率で、たまたま正解の選択肢に「説得」されて本文を形成したなら、皆さんはおそらく正解するでしょう。でも、そのときに皆さんが発動したのは、「現代文」の力ではなく、「運」の力です。

では、**選択肢が本文に逆流するのを防ぐ「安全弁」**は何かというと、それが**「記述」的態度**なんです。

本文を読み、設問をチェックしたところで、**そのまま選択肢に向かうのではなく、答え(あるいは答えの条件)をあらかじめ自分で言っておく**んです。それから、その自分の口にしたものを満たしている選択肢を選びにいく。

こういう手順であれば、選択肢の「もっともらしさ」に惑(まど)わされることなく、皆さんが選択肢を選ぶイニシアティブを握ることになります。

コツ① 「記述」的態度 → 逆流を防ぐ

▼コツ② 「正解を選ぶ」=「不正解を切る」

コツの二つ目は、今言った「記述」的態度とは逆の

構えです。すなわち、**「正解を選ぶ」＝「不正解を切る」**ということです

誤りの選択肢を切っていくという解き方は、いわゆる「消去法」と呼ばれ、「困ったときのテクニックの一つ」程度に考えられがちです。でも、僕自身は、「選択肢を切る」という作業は、**「選択」という行為において極めて本質的な行為の一つ**だと思っています。

ここはひとつ、選択式問題の「正解」がどんなふうに決まるのか、ちょっと掘り下げて考えてみましょう。

選択問題の「正解」の条件は「正しいこと」だ。これは、そのとおりです。問題なのは、その「正しい」とはどういうことなのかです。

「正しい」って、「100％正しく本文の説明をしている」ということでしょうか？ そういう場合もありますが、実は、**正解の選択肢がいつでも100％本文どおりの説明をしているとは限りません。**

完全に正しくないのに正解になるの？ そう。なるんです。だって、問われているのは大抵の場合、**「最も適当な説明」**ですから。

例えば、選択肢が四つあったとします。その四本が、**三個の×と一個の△**っていう構成だったら、その△が「正解」になります。**他と比較して一番悪くなければ、それが同時に一番いい**わけです。仮にその四本の外に「完ペキに正しい選択肢」があったとしても、それは解答圏内にない以上、考えなくていいんです。

このように、選択式問題においては、「あらかじめ準備された選択肢から選んで解答する」という形式をとることで、**△が○になるようなロジックが隠されているんです。**

そして、その場合に有効なのは、**誤りから切っていって、正解を「残していく」**という作業です。**不正解をちゃんと不正解だと見極めること**も大事な作業の一つなんです。

コツ② 正解を選ぶ→残す

＝

不正解を切る

▼コツ③ 選択肢は本文を言い換えている

三つ目。これは、よく皆さんからくる質問を事例に出して説明したいと思います。

例えば、僕が講師室で仕事をしてると、ものすごい剣幕（けんまく）の生徒さんが問題集を片手にツカツカと僕に迫ってくるわけです。

そして、「先生、問題集のこの問題なんですけれども、正解が4番だというふうにこの問題集は言ってます。だけれども、**この4番の選択肢のこの部分の説明、本文のどこを探してもないんです！** 本文にないことを言っている選択肢が正解なんですか？ この問題は悪問なんですか？」と。

まあ僕も「すみません、（もし本当に不成立なら）問題作った人に代わってお詫びします」と言いながら、「じゃあ、その選択肢のその説明、本当に本文にないのかちょっと一緒に見てみましょう」となるわけです。

そして、一緒にチェックしてみると、その説明、本文にあるんです。「お、あるじゃん」と。それを生徒さんに示して見せると、さっきの剣幕は一体どこへやら。きょとんとしてるわけです。

問題なのは、その選択肢の説明が本文にあるのに、**なぜその生徒さんにはあると思えなかったのか**です。

理由は簡単。その生徒さんは、その選択肢の言葉を**「表現」そのままで見ていたん**です。そして、選択肢のその表現の仕方、その言葉自体を本文に探しに行ったら、**本文では別の表現で言われていたん**です。

ここから皆さんにぜひとも意識していただきたいのは、**選択肢は本文を言い換えている**ということです。それに伴い、選択肢を吟味する際には、**「表現」ではなくて「内容」で見る**ということが大事になります。

これは、選択肢全てに言えることですし、特に正解の選択肢には絶対に言えることです。つまり、それが正解に見えにくいように、出題者は本文と同じ事柄を、違う「表現」で示してくるわけです。

「表現」や使っている文言（もんごん）は違っていても、言っている「内容」が同じなのであれば、それは「本文にある」と言っていいわけです。

コツ③ 選択肢は本文を言い換えている
→「表現」ではなく「内容」で見る

▼コツ④ 正解の基準は二つある

そして最後の四つ目。

皆さんは、**二択までは絞り込めたけれど、そこから正解を選び込むときに戸惑ったり困ったりする**、なんてことありませんか？なんだか、自分が選んだからその反対側が正解だと決められているんじゃないかって思うぐらい、魔法にかかったように二択で間違えるんですね。

じゃあ、なぜ二択で間違えるのか。それは、**正解の基準は二つある**ということを意識していないからです。もちろん、片方の基準だけで正解できる場合もありますが、二択で困ってしまう場合はたいてい、**正解の基準が二つ目にまで及んでいるのに、一つ目の基準しか意識していない**可能性があります。

では、二つの基準とは何か。

一つ目は、**本文と合致しているかどうか**です。これは選択の基本ですし、当然僕たちが大前提にすべきものです。

でも、皆さんが二択で困ってしまうときって、**二本とも本文と合致している**、あるいは、**少なくとも本文から大きく外れてはいないときだった**りします。

そこで考えてもらいたいのが、正解の第二基準。**設問の要求にもちゃんと対応してるかどうか**ってことです。

つまり、二択のうちの片方は、**本文とは合致しているけれども、傍線引っ張って問われていることに対する答えを言ってない**。それに対してもう片方は、**本文とは当然合致していて、かつ設問がきいていることにちゃんと対応している**。そういう事態です。

ということで、「本文と合致しているかどうかを見る」という作業が滞ってしまったら、「**設問の要求に応じているかどうか**」ということも、視野に入れてみてください。

ちなみに、先ほど説明した「**記述**」**的態度**でもって選択問題に臨む場合には、この「設問の要求に応じているか」という問いかけがすでにセットされている状態で解答をすることになります。「**自分で答えを言う**」ということは、「**設問の要求に応じた情報**を自分の側で作る」ということですから。

裏返せば、**消去法**を用いて判断できるのは、大抵の場合「本文と合致しているか」だけだということになります。「本文に合わないものを切る」ということは、「本文に合うものを残す」ということの裏返しですから。

コツ④ 正解の基準は2つ

第一基準…本文と合致

↓消去法

第二基準…設問の要求に対応

↓「記述」的態度

以上、選択式問題すべてに共通する一般的なセオリーを、四点お話ししました。

2 解いているところを見てみよう

では、以上をふまえて、設問に解答を出していきたいと思います。問1は漢字問題ですので、解説は省きます。

問2と問5については、今お話しした「一般的なコツ」だけで解ける問題なので、先に解説しちゃいますね。

▼問2・問5 「一般的なコツ」による解答

まずは問2から。

> **問2** 傍線部Ａ「経済学という学問は、まさに、このヴェニスの商人を抹殺することから出発した」とあるが、それは**どういうことか**。

「**どういうことか**」と問われています。現代文で一番よく出てくる**定番の問い方**です。

そして、このタイプの問い方には「**記述」的な態度**

で応じると、解答の方向性を立てやすくなります。

「なぜか？」と問われた場合や、「これについて筆者はどう考えているか？」と問われた場合には、答え方の方向性は本文のあり方次第でいくらでも広がるんですが、「どういうことか？」と問われた場合には、**傍線部それ自体に含まれる文言をちゃんと説明できればいい**わけですから、解答ターゲットが明確ですね。こういう場合は、**傍線部の文言の中から説明ターゲットになるものを特定**しておいて、それについての説明を**選択肢に先立ってあらかじめ**言葉にしておきましょう。

というわけで、早速ですが、この傍線で言えば、「ターゲット」は何個ありますか？

まず、「**経済学**」ってどんな学問ですか？ 確か本文では、「経済学」という言葉にはちょっと**特別な意味**がありましたよね。

すなわち、この「経済学」というのは、「**人間の労働こそが利潤になるんだ**」**と考える**「**産業資本主義**」**のこと**でした。ということは、正解の選択肢は、この「産業資本主義」の説明を絶対に含んでいるはずです。

二つ目は、「**ヴェニスの商人**」ですね。ヴェニスっていうのはイタリアの北部にある観光名所として有名な港町です。

しかし、これも、文字どおりの意味ではなく、**文脈的な意味**を持っていました。すなわち、この「ヴェニスの商人」っていうのは、そもそも「人」でさえなくて、「**差異こそが利潤になるんだ**」**と考える**「**商業資本主義**」**の喩**(たと)**え**でした。ということは、正解の選択肢には、おそらく「産業資本主義」の説明だけではなく、この「商業資本主義」の説明も含まれると思います。

第三に、もう一つ欲を言うならば「**抹殺**」っていう言葉についても一応考えておいたほうがいいでしょう。「抹殺」というのは、文字どおりに捉えると「殺す」という意味ですが、傍線にある「経済学」も「ヴェニスの商人」も生き物ではないんですから、これも比喩(ひゆ)表現です。

この「抹殺」は、「**商業資本主義**」**を**、「**経済学**」「**産業資本主義**」**が**「**否定**」**した**っていうことでしょうね。

以上、傍線部の中から説明ターゲットになりそうな言葉を三点拾い出しました。まとめると……

人間の労働こそが利潤だとする産業資本主義は、差異こそが利潤だとする商業資本主義を否定したということ。

あとは、これを選びにいくだけです。

こういう作業は、実際**頭の中で考えるだけなら、三十秒いらない作業**です。この作業を挟むだけで、選択肢に迷ってしまう事態を回避できるんだったら、その三十秒はぜひとも確保してほしいところですね。

さて、この段階でもう正解は見えているかもしれませんが、先ほどアドバイスしたように、「不正解を切る」っていうことも練習してほしいので、あえて正解を残していく路線でやってみます。

選択肢をザッと見てまず気になったのは、②ですね。

> ② 経済学という学問は、**差異**を用いて利潤を生み出す**産業**資本主義の方法を排除し…

「**差異**」を用いて利潤を生み出すのって「何主義」でしたっけ？

そう。名前が違うんですよ。正しくは、「産業資本主義」ではなく「**商業**資本主義」です。

次のターゲットは、④かな。

> ④ 経済学という学問は、**労働する個人**が富を得ることを**否定**し…

はい、ここでストップ。

「経済学」は「産業資本主義」ですね。「産業資本主義」って、「**人間の労働が**利潤の源泉だ」と考えるんですよね。その「経済学」が、「労働する個人……を否定」する？ **完全な矛盾**です。

ただ、④にはもう一つの「×」ポイントがあります。

> **労働する個人**が富を得ること**を否定し**、**国家**の富を増大させる行為**を推進する**…

「経済学」と「ヴェニスの商人」という反対関係は、「**何**」**対**「**何**」**の反対関係**だったでしょうか？

この両者は、「**人間の労働**」を「利潤」とするのか、「**差異**」を「利潤」とするのかの反対関係でしたね。間違っても、④が言うような「**個人**」と「**国家**」の反対関係ではありません。傍線に対応していません。

次は⑤です。⑤に関しても切り口が二つあります。

まずは選択肢の後半です。

⑤ …労働者の**人権を擁護**することから始まったということ。

「人権を擁護する」⁉「労働者の人権を守れ！」なんていう主張、**本文のどこにもありません**。もちろん傍線とも対応していません。

「産業資本主義」が主張しているのは、あくまで「お金が儲かるのは、人間の労働があるからだ」っていうことだけです。

さあ、もう一つの切り方はちょっと難しいかもしれませんが、ちょっと確認していきましょう。

経済学という学問は、地域間の価格差を利用して利潤を得る行為を**批判**し…

⑤のもう一つの×ポイントは、「**批判**」という言葉です。これもまた本文に書かれていることとはズレています。

「批判」というのは、ご存じのとおり「悪いことをやっている人を問題にする」という意味ですが、これは「**良い・悪い」という価値判断**を前提とした言葉です。「産業資本主義」は、「差異を用いて利潤を生みだすことは**悪いことだ**、**やってはいけないことだ**、そんなお金の稼ぎ方は**してはいけません！**」なんて話、していましたか？

していません。本文にあったのは、「お金（利潤）っていうのは**どうやって稼ぐものなのか**」という、「良い・悪い」と関係のない次元での話です。つまり、「批判」という言葉は、この傍線で言われている「**抹殺」という言葉の誤用**なんです。

ちなみに、この⑤の二つ目の誤り方が、残った①と③のうち片方にも発生しています。

①を見てみましょう。

> ① 経済学という学問は、差異を用いて莫大な利潤を得る仕組みを暴き、そうした利潤追求の**不当性を糾弾**することから始まったということ。

「不当性を糾弾」。これは「良い・悪い」を前提にした「批判」を示す言葉ですね。⑤と同じ理由で、「抹殺」の正しい説明とは言えません。

ということで、正解は③ということになりますが、どうなんでしょう。

確認してみましょう。

> ③ 経済学という学問は、差異が利潤をもたらすという認識を退け、人間の労働を富の創出の中心に位置づけることから始まったということ。

「差異が利潤をもたらすという認識」っていうのは、「商業資本主義」のことです。これが**傍線Aの「ヴェニスの商人」に対応**していますね。

そうした「認識を退け」。先ほど確認したとおり、傍線部Aの「抹殺」っていうのは、「否定すること」です。この「退ける」が、**傍線部Aの「抹殺」に対応**しているっていうことでいいんじゃないでしょうか。

続きは、「…退け、人間の労働を富の創出の中心に位置づけることから始まった」と。「人間の労働」が「富の創出」、つまり「利潤の創出」の「中心」だ。これ、完全に「産業資本主義」ですね。**傍線Aの言葉で言えば、「経済学」**です。

以上の対応物をこの③の選択肢に代入すると、③はこうなります。

> **経済学という学問は、「ヴェニスの商人」を「抹殺」して「産業資本主義」から始まった。**

ちゃんと「産業資本主義」が「経済学」と重なっているし、他の箇所も全て適切に傍線部Aに還元できます。**Aの完璧な説明**になりますね。ここまで確認できれば、これが正解だということが、根拠をもって明確に判断できると思います。

このように、本文でだけじゃなくて**選択肢を吟味す**

る際にも、**頭の中でちゃんとこのくらいしゃべってくださいね。**

では、続いて**問5**にいきましょう。

> **問5**　傍線部D「『人間』は、この資本主義の歴史のなかで、一度としてその中心にあったことはなかった」とあるが、それはどういうことか。

これも、まずは「記述的な態度」で攻めたいところなのですが、今回はちょっと難しいかもしれません。

問われているのは、「**人間**」**が**「**中心にあったことはなかった**」こと。それも、「**一度として**」。

第2講でも確認しましたが、この「一度として」っていうのは、「商業資本主義」の時代、「産業資本主義」の時代、「ポスト産業資本主義」の時代の**三時代いずれにおいても**という意味になります。

でも、この**三時代のそれぞれについて**、「人間」が「中心」にいなかったことを説明するのって、ほとんど**本文全体を要約するのに等しい作業**ですよね。

「記述」的態度が有効なのは、傍線や設問から、**答えるべき事柄がある程度限定できる場合**のみです。今回は、範囲が広すぎて、記述的態度をとる意味がありません。

こういう場合には、選択肢が本文に合致しているかどうかを吟味しながら、正解の選択肢を「選ぶ」というよりは「**絞り込んでいく**」という手のほうが建設的です。こういってよければ、「消去法」ですね。

では、選択肢①から見ていきましょう。

> ①　商業資本主義の時代においては、商業資本主義の体現者としての「**ヴェニスの商人**」が、遠隔地相互の価格の差異を独占的に媒介することで利潤を生み出していたので、利潤創出に参加できなかった「**人間**」の自己愛には深い傷が刻印されることになった。

結論から言うと、この選択肢は×です。ダメなポイントは、「**ヴェニスの商人**」と「**人間**」です。

ただし、「ヴェニスの商人」「人間」という言葉自体が内容として間違っているわけではありません。これらの言葉は、本文にあるといえばありますから。そうではなくて、これらの**言葉の使い方が、本文とズレているん**です。

> …「**ヴェニスの商人**」が、遠隔地相互の価格の差異を**独占的に媒介する**ことで利潤を生み出していた…

この「ヴェニスの商人」っていうのは、「商業資本主義」という**考え方を比喩的に示しているだけ**の言葉です。それを「商人が……独占的に媒介する」なんていう説明に乗せてしまうと、「ヴェニスの商人」が**本当の人間**みたいになってしまいます。

同じことは、「人間」についても言えます。

> …ので、**利潤創出に参加できなかった**「**人間**」の自己愛には**深い傷**が刻印されることになった。

本文では、「人間」は「**産業資本主義**」**における利潤の源泉を比喩的に言い表しただけの言葉**だったのに、「参加できなかった『人間』」が「傷」ついたなんていう説明をしてしまうと、「ヴェニスの商人による**独占から仲間外れにされた人**」みたいな意味に変わってしまいます。

ということで、①は「ヴェニス商人」と「人間」が×。**本文では比喩表現だったのに、その文字どおりの意味に戻ってしまっています。**

次は②です。

> ② **アダム・スミス**は『国富論』において、真の富の創造者を勤勉に**労働する人間**に見いだし、旧来からの交易システムを成立させていた「**ヴェニスの商人**」**を市場から退場させる**ことで…

アダム・スミスは、「人間の労働こそが利潤の源泉だ」とする「産業資本主義」を主張していた人でした。

彼が、「ヴェニスの商人」、つまり「商業資本主義」を「退場させる」、つまり否定する。ここまでは、本文と、特に先ほど見た傍線部Aそのものと合致しています。

資本主義が傷つけた「人間」の自己愛を**回復させようと試みた**。

本文に照らせば、この部分もそんなに悪いことは言っていません。本文とは合致しています。

問題なのは、この選択肢の言っていることが、**「傍線部Dを説明せよ」という要求に応じたものであるかどうか**です。

今この問5で答えなければいけないのは、**「人間」が「中心」になったことが一回もなかった**っていうこと、**アダム・スミスの主張した「産業資本主義」が、実は間違いだった**ということですよね。

先ほど「コツ④」でお話ししたように、仮に本文と合致した話をしていても、設問の要求に応じていない選択肢は、正解とは言えません。そういうわけで、②もムリ。③はどうでしょうか。

③ 産業資本主義の時代においては、労働する「人間」中心の経済が達成された**ように見えたが**…

アダム・スミスたちは人間が中心だと思っていたけど、実はそれは勘違いなんだよっていうことが、「**ように見えたが**」という言葉によく表れています。ここまでは、問題ありません。

そこにも**差異を媒介**する働きをもった、利潤創出機構としての「**ヴェニスの商人**」は内在し続けたため、「**人間」が主体**として資本主義にかかわることは**なかった**。

そして、「差異」を利潤とする「ヴェニスの商人」は、「抹殺」されたかに見えて、実は「内在し続けた」。

そのとおり、「ヴェニスの商人」の亡霊は「産業資本主義」の時代にも存在するわけですね。すなわち、「**農村の過剰人口」の支える「低い賃金率」と「高い労働生産性」との「差異」に**。これも、第2講で確認済みです。

だから、「人間」が「主体」であることは「なかった」。

そう、傍線部Dの言うように、「一度として」ね。

はい、「本文と合致している」という点でも、「この設問で言わなければいけないことを言っている」という点でも、③は**暫定最有力候補**です。

④へいきましょう。

④　マルクスはその経済学において、人間相互の関係によってつくりだされた価値が商品そのものの価値として実体化されることを**物神化**と名付けたが、主体としての「人間」もまた**認識論的錯覚**のなかで**物神化**され…

④については、「正しい」とか「正しくない」とか以前に、「物神化」とか、「認識論的錯覚」とかいったゴリゴリの「思想」用語を前にして、ちょっと選ぶ勇気が出なかったんじゃないかな（苦笑）。

まあ、それも気持ちはわかるんですけれども、**明確に誤りの箇所**がありますから、それを示しておきます。

先ほど、**選択肢は基本的に本文を言い換えている**ということを言いました。選択肢は「表現」だけで見るのではなく、「内容」という観点からも見なければいけないと、お話ししましたよね。

これは、正解の選択肢ではもちろん、場合によっては、**誤りの選択肢**でも重要な場合があります。つまり、**「内容」としてはハッキリと誤りなのに、「表現」が曖昧な形に変えられていて見えにくい**っていうケースです。選択肢④で言うと、文末のところです。

主体としての「**人間**」も…資本主義社会における**商品となってしまった。**

「商品」という言葉の定義をちょっと考えてみましょう。「商品」って何になるものですか？「商品」を相手に渡すと何になりますか？

「商品」とは「**お金**」になるものです。「お金」って、本文の言葉で言うと「**利潤**」ですね。

選択肢の末尾に代入してみてください。「人間も商品となってしまった」っていうのは、**「人間が利潤の源泉となってしまった」**っていうことです。

これって、**「人間」が「利潤の中心」になっている**じゃないですか！　この問題で答えるべきことは、その逆のこと。「人間が一回も利潤獲得の**中心になったことはなかった**」ということです。

したがって、④も×です。

> ⑤ ポスト産業資本主義の時代においては、希少化した「人間」がもはや利潤の源泉と見なされることはなく…

ここまでは、本文の内容に照らして、問題なし。

> 価値や富の中心が情報に**移行してしまったために**、アダム・スミスの意図した「人間主義宣言」は完全に**失効**したことが明らかとなった。

「**失効**」というのは、**今まで有効であったものが効力を失うこと**です。この選択肢が言うところでは、「価値や富の中心が**情報に移行してしまったために**」、「人間主義」、つまり「産業資本主義」が「完全に失効した」となります。

情報に移行した結果、人間主義が失効した。これ、裏返すとどうなりますか？「情報に富の中心が移行するまでは、人間主義は**有効だった**」ってことになってしまいますよね。

でも、今言わなきゃいけないのは、その「人間主義」が**一度として有効じゃなかった**っていうことです。

ということで、⑤は×です。正解は③でした。

以上で、問5の説明は終了です。残すところは、**問3、4、6**ですね。

この三問は、選択式問題「一般」のコツだけでは説明しきれないポイントをそれぞれに持っています。

▼問3「事例問題」

じゃ、次は問3を見ていきましょう。

> **問3** 傍線部B「技術…娯楽といったいわば情報そのものを商品化する新たな資本主義の形態」とあるが、この場合、「情報そのもの」が「商品化」されるとはどういうことか。

問2でも確認したとおりですが、「**どういうことか**」と問われたら、傍線自体をよく分析して、「記述的態度」で臨みましょう。

そこまでは問2と同じなのですが、この問3では、選択肢においてちょっと厄介なことが起きています。選択肢を見た時点で気付いたと思うんですが、**選択肢が全部「具体例」**なんです。

こういう問題を、僕は「**事例問題**」と呼んでいます。センター試験では五年に一回ぐらいの周期で出てきて受験生を困らせていたんですが、共通テストでもこうした傾向の問題は出題されるようです。

では、こうした「事例問題」の何が厄介なのか。

①の「特許や発明」、②の「株価」、③の「広告」、④の「教材」、⑤の「テレビ番組」……。

どの「事例」をとっても、傍線部に「単語」だけはあると言えばあるんですが、「この事例のような話は本文にありますか?」って問われたら、どれをとっても**直接的には本文にはありません**。

ということは必然的に、**本文には直接的にはない事柄を、本文にあることをもとにして答える**という作業が必要になるわけです。これが、「事例問題」の厄介な点なんです。

「事例問題」においては、**本文の抽象的・一般的な言い方で語られていたことが、選択肢において具体的・個別的な「事例」に書き換えられてしまっています。**

そこで、本文の抽象と選択肢の具体との間で、**表現レベルの大きなズレが発生している**んですね。これは、選択肢も本文と同じ抽象的・一般的な言い方で書かれているふつうの問題では発生しえない事態です。

では、この本文の表現と選択肢の表現のズレをどうするか。答えは一つ。**両者の間を、解答者である僕たちが、自分なりに媒介する**しかありません。

そういうときに大事なのは、**自分なりに言い換えて「内容」の吟味をする、「言い換え意識」**です。

ふつうの問題	事例問題
本文⇓抽象的	本文⇓抽象的
｜	｜
選択肢⇓抽象的	選択肢⇓具体的
→ 表現レベルでのズレなし	→ ズレ発生
	→ 言い換えていく

概念だけで話していてもピンとこないと思うので、具体的な解答の作業をお見せしていきますね。

まず、「記述」的態度はとっておきましょう。選択肢の事例を見る前に、**その事例が満たしていなければいけない条件を、抽象的・一般的な表現で言語化して**おきます。

確認ですが、傍線部Bの「新たな資本主義」っていうのは「**ポスト産業資本主義**」のことですよね。その「ポスト産業資本主義」において、「**情報そのもの**」**が「商品化」されていると**。そして、先ほど問5で確認したとおり、「**商品」というのは「利潤」になるもの**ですね。

以上の分析をしただけで、正解の「事例」が満たしているはずの条件は、三つほど考えられます。

第一に、「ポスト産業資本主義」においては「差異」こそが「利潤」になるわけですから、正解の事例においては、「**商品」、つまり「利潤」になるものが、絶対に「差異」を持っているはず**です。

第二に、これはその裏返しなのですが、「ポスト産業資本主義」は「人間の労働」を「利潤」とは無関係だとするんですから、正解の事例においては、「**商品」が「利潤」を生む過程に人間の労働を絡ませていないはず**です。

さて、「ポスト産業資本主義」という言葉自体から出てくる事柄は以上の二つなのですが、傍線部B全体を視野に入れると、条件が**もう一つ**出てきます。

傍線部Bに、「**新しい資本主義」は「情報そのものを商品化する**」とありますが、この「情報そのもの」って、何のことでしょう?

傍線部Bの直前には、こう書かれていました。

> ポスト産業資本主義――それは、加工食品や繊維製品や機械製品や化学製品のような**実体的な工業生産物にかわって**…

「**かわって**」は**反対関係**を示す言葉です。「Aにかわって B が出てくる」ということは、「Aが(Aでは)なくなり、**AではないB**が出てくる」ということですから。

今見ている文脈で言うと、「**実体的な工業生産物**」と「**情報そのもの**」**が対立関係**になっているわけですね。

ということは、正解の事例においては、「**商品**」**価値が**「**生産物**」**からではなく、**「**情報そのもの**」**から出てくるものでなければいけない。**これが**第三**の条件です。

さて、やっと選択肢吟味の準備が整いました。以上の条件をもとに、選択肢を見ていきましょう。

ここから先で試されるのは、「**言い換え**」**の意識とその能力**です。

まず、第一の条件より、②と④がサクッと落ちます。

> ② 刻一刻と変動する株価などの情報を、**誰もが同時に入手できる**ようになったことで、通信技術や通信機器が商品としての価値をもつようになること。

「誰もが**同時に**入手できる」情報って、「**差異**」はありますか？

「株価」の情報っていうのは、他の人よりもいち早く、「違った」時間に手に入れるからこそ意味があるんじゃないですか？ **入手時間に**「**差異**」**があるから**「**利潤**」**が出る**んじゃないんですか？

これが、②がアウトになる理由です。

同じ論法で、④が落ちます。

> ④ 個人向けに開発された教材や教育プログラムが、情報通信網の発達により**一般向けとして広く普及した**ために、商品としての価値をもつようになること。

「**一般向けとして広く普及した**」が×ですね。

「**個人向け**に開発」されているままであれば、「あの人向け」「この人向け」っていうふうに、「個人」によって使われる「教材や教育プログラム」に「**差異**」がありますね。

けれども、情報通信網が発達して「**一般向け**」でそれを売り出しちゃったら、**みんな同じもので勉強していることになっちゃいます**。つまり、「**差異**」**がない**「**教材や教育プログラム**」っていうことになってしまいます。

そうすると、ここで言わなければいけない「ポスト産業資本主義」の「利潤」追求構造を説明できなくなります。

残るは①、③、⑤ですね。次に僕がターゲットにしたのは、③です。

③ 広告媒体の多様化によって、**工業生産物**それ自体の創造性や卓越性を**広告が正確にうつし出せる**ようになり、**商品としての価値**をもつようになること。

「工業生産物それ自体」に「創造性、卓越性」という価値がある。それを「**広告**（**つまり**「**情報**」）**が正確にうつし出**」す。

それでその「生産物」が「商品」として売れたとしたら、**その**「**価値**」**って何の**「**価値**」**ですか？**

それは「**工業生産物**」**それ自体の価値**じゃないですか？

先ほど確認した第三の条件を満たせませんから、

③は×。

さて、①と⑤を残しました。ここまででも十分難しかったんですが、この①と⑤の間で見極めをつけるのは、一層難しいです。

①から見ていきましょう。

① 多くの労力を必要とする**工業生産物よりも**、開発に多くの**労力を前提としない**特許や発明といった技術**の方が**、**商品としての価値をもつ**ようになること。

「**労力を前提としない**」**ほうが**「**商品としての価値をもつ**」……。「人間の労働」を否定しています。

さらに、「工業生産物よりも」という表現があるので、「**商品としての価値**」**の出どころは**「**工業生産物**」**自体というより**「**特許や発明**」**といった**「**情報**」**のほうなんだ**、ということも言えています。

これはちょっと、**保留**ですね。

⑤にまいりましょう。

⑤ **多チャンネル化**した有料テレビ放送が提供する**多種多様**な娯楽のように、**各人の好みに応じて**視聴される番組が、商品としての価値をもつようになること。

この事例では、「番組」が「情報そのもの」ですね。それが、「多チャンネル化」していて、「多種多様」な放送をしていて、それが「各人の好みに応じて」いる。

選択肢のあちこちに、**言い換えてみたら「差異」になるもの**は、たくさんありますね。

おや？　そういえば、⑤は「**人間の労働」についてー言も触れていませんね**。

とすると、**一言も「人間の労働」に触れていない⑤よりも、「人間の労働なんてないほうが儲かるんだ」って言っている①を選ぶのが適切なのか。あるいはその逆**なのか。問題はそこになります。

これはセンター試験の過去問なので、問題の正答率のデータが残っているのですが、この問3、**圧倒的多数の人が①を選んで間違えています**。先に言いますと、問3の正解は⑤です。

理由は二つあります。

一つ目。①は「人間の労働なんていらないんだ」ということを強調するあまり、**言わなければいけないことを言っていない**んです。

ここで本当に言わなければいけないことは「**情報そのものが商品化される**」ということ、それから、この「情報」についても、それの持つ「**差異こそが利潤だ**」っていう「ポスト産業資本主義」の特徴、この二つです。

でも①はそこを直接的にはちゃんと言っていません。「ポスト産業資本主義」の説明とは無関係なところで、「**人件費が低ければ低いほど儲かるんだ**」っていう話しかしてないんです。

では、①に比べて「正解」に見えにくい⑤を、あらためてご覧ください。

先ほど見たように、「**情報」の「差異」で選択肢が埋め尽くされています**。そして、「**人間の労働」の説明はありません**。

「人間の労働」が関係ないんだ……ということを一番適切に示すには、どうしたらいいか？

①のように、「関わらせないほうが儲かる」と言うことでしょうか？

いや、実は、「関係ない」ということを一番上手に示す方法は、**触れないこと**です。

こうして考えてみると、①のように、「人間の労働がないほうが儲かる」っていうのも、「人間の労働」が「利潤」追求に関わる一つのあり方になってしまっていることがわかります。

関わらないことを一番強く示すのは、部分的にさえ「人間の労働」に触れないことです。これが⑤が正解である理由の二つ目。

というわけで、「**書いてある**」っていうことに着目するだけではなくて、「**書いてない**」ってことにも着目することが要求される、ちょっと高度な問題だったと思います。

▼問4 「出題者の意図」を見抜く

さあ、続いて問4です。

問4 傍線部C「伝統的な経済学の『錯覚』」とあるが、それはどういうことか。

これだけを見ると、「伝統的な経済学」の「錯覚」の中身を答えるだけの、シンプルな問題に見えますね。

ところが、選択肢を見てみると、**そうは言えない追加要素**があります。

選択肢①から⑤まで、目を横に移していってみてください。そうすると、①～⑤の全てにおいて、**説明の「文体」が共通している**のがわかると思います。

全ての選択肢において、文字数的にちょうど半分くらいのところに、「**ために」という「理由」を示す接続詞**があります。前半を「ために」で締めているんですね。これが**共通性の一つ目**。

そして全ての選択肢において、**文末が同じようなことを示す動詞で締めくくられています。**

① 「実体化してしまった（実体とみなす）」

② 「仮定してしまった（仮にそう考える）」

③ 「認定してしまった」

④「見なしてしまった」
⑤「認識してしまった」

これらは全て、**何かを認識する、見る、考える**っていうことを示す言葉ですね。これが、**共通性の二つ目**。

選択肢を順に見ていく中で、このように文体が共通していることに気が付けば、この問題の「**隠れた追加要素**」にも気付けたのではないかと思います。

おそらく文末の「認識する」系の意味を持つ動詞は、傍線部Cの「錯覚」（間違って**認識する**）に対応しているんでしょう。

であるならば、問題は、**前半の「ために」までの箇所も「錯覚」の中身なのか**ということです。

わかりますね？　全ての選択肢が、「錯覚」するということの説明に先立って、「**ために**」という言葉で**理由もしゃべっている**んです。つまり、吟味しなければいけないものは、「錯覚」と「理由」の**二つ**なんです。

さあ、選択肢の文体が共通していることに着目した結果、問4の設問の**本当の要求**はこうなります。

「伝統的な経済学の『錯覚』」とあるが、それはどういうことか。**加えて、その「錯覚」の理由はどのようなものか。**

このように、出題者は**選択肢の文体を揃える**ことで、設問の文言で見受けられること以上のことを要求してくることがあります。これを、現代文では、**出題者の意図**といいます。

問題によっては、設問文では「Yを説明しなさい」って言っておきながら、実は選択肢を見ると、それとは別のXを説明することも「**隠れた課題**」**として要求される**こともあるということです。

こういう意味での「出題者の意図」を見抜くことができると、その設問では**ものすごく「記述」的態度がとりやすくなります**。

傍線部Cの「錯覚」の「**理由**」については、傍線部Cの直前をご覧ください。

農村が膨大な過剰人口を抱えていたからである。そして、この差異の歴史的な安定性**が**、その背後に「人間」という主体の存在を措定してしまう、伝統的な経済学の「錯覚」**を許してしまった**のである。

「XがYを許す」、これは**因果関係**を示す言葉です。例えば、「彼のちょっとしたミス**が**、チームの敗退**を許してしまった**」。要するに、「彼がちょっとしたミスをした**から**、**その結果**チームが敗退してしまった」ということですね。

同じような形で置き換えてみましょう。「差異の歴史的な安定性が、伝統的な経済学の錯覚を許してしまった」。これは「差異が歴史的に安定していた**から**、**その結果**伝統的な経済学は『錯覚』をしてしまったんだ」っていうことです。「理由」は意外と傍線部の目の前にありましたね。

これをもとに、選択肢の吟味をしてみます。各選択

X←理由 ために Y←錯覚 してしまった

→選択肢の文体が共通→「出題者の意図」を特定

←記述的態度

この問4で言えば、この問題に対応するための記述的な課題は二つです。第一に、「**伝統的な経済学**」、つまり「**産業資本主義**」**がどういう**「**錯覚**」**をしたのか**を説明すること。第二に、**そんな勘違いが起こっちゃった**「**理由**」を説明すること。

この二つの課題を「記述」的にこなしておいてから選択肢を見ると、この問4、実は「**ために**」**の時点**、**つまり**「**理由**」**を見た時点で、正解が決まっちゃいます**。①〜⑤の前半の説明のうち、本文に書かれている「**錯覚**」**の理由を正しく述べている選択肢は、一つしかありませんから**。

では、それを実際に検証していきましょう。まず、

肢の前半、「ために」までのところで、「**高い労働生産性と低い賃金率の差異の歴史的な安定性**」**を言えていなければ、そもそもその選択肢は×**ですね。

「**差異が歴史的に安定していた**」。具体的には、農村に過剰人口がいたから、農村出身の労働者の賃金が**低いまま**。それに対して、工場でできる生産物の生産性は**高いまま**。この「差異」が「歴史的に安定」していたと。これを言えているのは①～⑤のどれでしょうか？

正解は⑤です。

> ⑤　産業資本主義の時代に、農村の過剰な人口が労働者の生産性と実質賃金率の**差異**を**安定的に支えていたために**…

「歴史的」って言葉だけはちょっと抜けちゃいましたが、「差異」の「安定性」の説明としては、ほぼ完璧ですね。

⑤に比べると、①～④は**この「安定性」をちゃんと説明できていません**から、前半部分で⑤が正解だって決まります。

ただし、誤解を避けるために言っておくと、これは決して「選択肢の中に見なくていいところがあるよ」なんていうことではありません。今回は偶然、結果としてそうなっただけです。

というわけで、一応後半もチェックしてみましょう。

先ほど確認したように、各選択肢の後半は、「伝統的な経済学」の「錯覚」の内容を説明しています。

「記述」的態度で本文から拾っておくと、**本当は「利潤」を生んでいたのは「差異」なのに、それを「人間の労働」によるものだと勘違いしてしまった**ということです。

①では何が「利潤の源泉」だと言われているか。

> …伝統的な経済学は、**価値を定める主体**を富の創造者として実体化してしまったということ。

労働の価値を定める主体、あるいは商品の価値を定める主体というのは、「労働者」ではありません。①は後半も×ですね。

②はどうでしょうか。

…伝統的な経済学は、**労働力を管理する主体**を富の創造者と仮定してしまったということ。

アダム・スミスは「労働者」自身を富の源泉だ言ったんです。「労働者」は「労働力を管理する主体」ではありえない。②も、後半で見ても×です。

③はちょっと後にしましょう。④は？

…伝統的な経済学は、その**差異を媒介する主体**を利潤の源泉と見なしてしまったということ。

ここでいう「差異」とは、「労働者」は労働と「製品」の儲けの「差異」のこと。この二つの間を「労働者」自身が「媒介する」って、おかしくないですか？「労働」と「儲け」の「差異を媒介」するのは、「労働者」ではありえません。これも、後半も×。

③はどうでしょうか。

…**大きな剰余価値を生み出す主体を**富の創造者と認定してしまったということ。

悪くはありません。確かに「労働者」は「産業資本主義」にとっては「利潤の源泉」、つまり「大きな剰余価値を生み出す主体」ですからね。でも、こんなふうに「労働者」を間接的に「剰余価値を生み出す主体」って言い換えちゃうより、⑤の

…伝統的な経済学は、**労働する主体を**利潤の源泉と認識してしまったということ。

というように、ストレートに「労働者」と言ってしまったほうがいいでしょう。

③の後半は間違ってはいませんが、⑤のほうがいいので、「最も適当」とは言えません。

以上、この問4は、後半で見ても⑤が正解であるという判断はできますね。

▼問6「表現の仕方」を問う問題(i)

では最後、問6にいきましょう。

これは、問2〜5のように本文の「**内容**」を問うのではなく、その「内容」を**どのように表現しているか**という「**表現の仕方**」を問う問題です。共通テストでも、この「**表現の仕方を問う」という要素がしっかり踏襲**されています。

じゃあ、まず問6の(i)から。

問われているのは、「波線部Xの**ダッシュ記号『——』のここでの効果**」です。表現や記号の「効果」を問われた場合には、「表現」よりも、その「**効果**」のほうをちゃんと見てください。

こういう問題では、**その「効果」を本当に筆者は望んでいるか、自分の議論でそういう「効果」を意図しているか**という点で正誤が決まるように選択肢が作られていることが多いです。

それもそのはずで、「——」の用法について客観的に決まったルールなんて存在しないのに対して、本文中にその「効果」があるかどうかなら、**本文と合致しているかどうかで一義的に確定できます**から。

表現←用法の捉え方は多様
＞
効果←筆者がそれを望んでいるかどうか？
（本文から一義的に特定可能）

今回は「**適当でないもの**」のほうですから、筆者が望むことのなさそうな「効果」を説明しているものを選ぶことになります。

まず、本文のほうで**ダッシュ「——」の前後**を見ておきましょう。

> 差異を媒介して利潤を生み出していた**ヴェニスの商人**——**あのヴェニスの商人**の資本主義こそ、まさに普遍的な資本主義であったのである。

ダッシュの前は「ヴェニスの商人」で、ダッシュの後も「ヴェニスの商人」を繰り返していますね。

それを確認したうえで、①から見ていきます。

① 直前の内容と**ひと続き**であることを示し、語句の**くり返し**を円滑に導く効果がある。

これはそのとおりだとしか言いようがありません。ダッシュの前と後は、同じ「表現」の繰り返しですから。不適当なところを指摘しようがありません。これは正解ではない。

②はどうでしょうか。

② 表現の**間**(ま)**を作って注意を喚起**し、**筆者の主張を強調する**効果がある。

ダッシュによって「表現の間」はできますか？ もちろんできますよね。ダッシュがある限り、そこには何の文字も入れられませんから。

筆者は「ヴェニスの商人」に「注意」してほしいでしょうか？ してほしいに決まっていますよね。だって、「差異こそが利潤だ」とする「ヴェニスの商人」って、**この文章最大のテーマ**じゃないですか。それを締めくくりにドーンと持ってくる場所ですから、「注意を喚起」したいに決まっています。

そして、当然ながら筆者がこの「ヴェニスの商人」を強調したいということも確かですよね。

全て筆者の意図どおりの「効果」説明になっていますから、適当です。正解ではない。

③はどうでしょうか。

③ 直前の語句に**注目させ**、**抽象的な概念**についての**確認を促す**効果がある。

筆者は「ヴェニスの商人」っていう言葉に注目してほしいですか？ してほしいに決まってます。理由は②で言ったとおりです。

ヴェニスの商人は「抽象的な概念」ですか？ そのとおり。「ヴェニスの商人」とは、「ヴェニスにお住まいの商人の皆様」ではなくて、「商業資本主義」という**抽象的な概念**でした。

筆者は、「ヴェニスの商人」についての「確認」を促したいですか？ もちろん。何度も言っているように、筆者はこの概念を何度でも強調したいんです。だって、これがあらゆる時代において「利潤の源泉」だったわけですから。確認を促したいに決まっています。ということで、③も何ひとつ適当でないことは言っていません。正解ではない。

ということは、④が不適当、つまり正解だということになりますが、本当にそうなっているでしょうか。確認してみましょう。

④　直前の語句で**立ち止まらせ、断定的な結論の提示を避ける**効果がある。

筆者は「ヴェニスの商人」という言葉で、「はい、ここでストップ！」って立ち止まらせたいと思っているでしょうか？　もちろん立ち止まらせたいですね。「ヴェニスの商人」を見てもらいたいわけですから。

では、「断定的な結論の提示を避ける」についてはどうですか？

「ヴェニスの商人なんだ！　いや、ちょっと待って。本当にヴェニスの商人と断定していいのかなあ？　**うーん、ちょっとこの断定は避けよう**」っていうことですか？

最後の最後に「ヴェニスの商人」について主張することを避ける理由は、筆者にはありませんね。本文に照らし合わせて完全に不適当です。

ということで、正解は④です。

このように、「**効果**」を「**筆者の主張**」と照らし合わせて、**それが本当に筆者の望むものかを見ていく**というのが、このタイプの問題について有効な解き方です。

▼問6「表現の仕方」を問う問題(ⅱ)

では、(ⅱ)にいきましょう。今度は**文章「全体」の構成**を問う問題です。

文章の構成が問われる場合には、「構成」という言葉の他に、「**論の進め方**」、「**展開の仕方**」というふうな表現が使われることもあります。

これらはどれも同じ意味です。この文章がどんなふうな話の組合わせ・成り立ち・順序で動いているかを正しく説明してください、という問題です。

こういう問題で特に注意したいのは、その選択肢の説明が本文の「内容」に合っているか違っているかだけではなく、そうした**「内容」の「順番」も見なければならない**ということです。

構成、論の進め方／展開の仕方
↓
◎内容
&
◎順序

例えば、いかに本文の「A」「B」「C」を正しく言えていても、順番を「A→C→B」に入れ替えてしまっているなら、×だということになるわけです。

以上をふまえて、選択肢を吟味します。まずは、**「内容」の時点で本文の説明とズレているもの**を、二つ切ります。

まずは①です。

① 人間の主体性についての問題を提起することから始まり、経済学の視点から資本主義の歴史を起源にさかのぼって述べ、商業資本主義と産業資本主義**を対比し**相違点を明確にした後、**今後の展開を予測している。**

「…始まり」までは、第一、第二段落にあった「これから人間中心主義を否定するよ」という宣言に対応しています。

次の「…さかのぼって述べ、」までのところも、第三〜七段落の「商業資本主義」→「産業資本主義」という変化の説明に対応しています。

「商業資本主義と産業資本主義を**対比し**」っていうあたりから、様子がおかしくなります。

第八段落以降も視野に入れて言えば、この文章は「商業資本主義」「産業資本主義」「ポスト産業資本主義」の**三時代**の変遷を語ったものです。それを「商業…」と「産業…」の「**対比**」と言ってしまうと、三つ目の「ポスト産業…」の位置がなくなってしまいます。この時点で、①はアウト。

ちなみに、この選択肢は最後に「**今後の展開を予測**している」と述べており、これで「ポスト産業資本主義」の説明をしているつもりなのでしょう。しかし、そうすると、第十七段落にある「**現在進行中の**ポスト産業資本主義」という説明と完全に矛盾してしまいます。どのみち、アウトですね。

次は④を見てみましょう。

> ④　差異が利潤を生み出すという結論から資本主義の構造と人間の関係を検証し、**人間の労働を価値の源泉とする経済学の理論にもとづいて、具体的な事例をあげて産業資本主義の問題を演繹（えんえき）的に論じている。**

結論を言いますと、④は後半が本文と食い違っています。

「**人間の労働を**価値の源泉とする経済学」っていうのは、「産業資本主義」ですね（本当は「錯覚」なんですけど）。

それを代入して、読んでみてください。「〈産業資本主義〉の理論にもとづいて…産業資本主義の問題を…論じている」。「産業資本主義にもとづいて」、どうやって「産業資本主義の**問題**」を論じるんですか⁉

筆者が「もとづいて」いたのは、「差異」こそが「価値の源泉」だと考える「**商業資本主義**」です。④は×。

問題はここからです。②と③はちょっと厄介ですね。実は、②も③も、本文の「内容」上の矛盾はありません。少なくとも、本文をそれなりに正しく説明しています。

ここで、先ほど言った「**順序**」**についても考える**っていうことがカギになってきます。

まずは、②から。

> ②　差異が利潤を生み出すことを本義とする資本主義において、人間が主体的立場になかったことを検証した後、その理由を歴史的背景から分析し、最後に人間の自己愛に関する結論を提示している。

「**差異が利潤を生み出す**ことを本義とする資本主義」っていうのは、「商業資本主義」のこと。この考え方に基づいて、「人間が主体的立場になかったこと」が明らかになるんです。それも、「一度として」。ここまでは順調です。

ところで、「人間が主体的立場になかった」ことが「検証」されたのは、**本文の大体どのあたりにおいてですか?**

「検証」っていう言葉を探しても、本文にはありませんよ。こういうときに、**選択肢は本文を言い換えているから、「表現」ではなく「内容」で考える**っていう話を思い出してください。

「検証」というのは、「**実際に論じたり証拠を見せたりしてそれを明らかにする**」ことです。それが終わったのはいつですか?

本文は、まず「商業資本主義」の話から始まりました。「人間」が「中心」じゃなかった時代です。

そして、「産業資本主義」が続きます。「錯覚」ではあるんですけど、「人間の労働」が「中心」だと思われていた時代ですね。

そしてそれが終わり、「ポスト産業資本主義」においては、「人間の労働」ではなくて「差異」が再び「中心」になりました。

と、思いきや、その前の「産業資本主義」の時代でさえもが、実は「差異」こそが「中心」だったってことが明らかになった。

ここで初めて、一度たりとも「人間」が「中心」だったことはなかったことが「**検証**」されます。これは、傍線部Dのところ。**本文の一番最後のところ**です。

②をもう一度ご覧ください。「人間が主体的立場になかったことを検証した**後**」って、あたかもその後があるような言い方ですよね。

そして選択肢の続きは、「その理由を歴史的背景から分析し…」。

「人間」が「中心」ではなかった「**理由**」を「歴史的背景」にさかのぼってしゃべっている場所はどこでしたか?

答えは、**傍線部Cまでのところに広がっている、「差異の歴史的な安定性」の箇所**です。

「農村の過剰人口」のおかげで労働者の賃金は安く、

しかも労働生産性は高いという「差異」が「歴史的に安定」していた。だから「利潤」も「歴史的に安定していた」。そう言えるからには、「人間が主体的立場にあった」とは言えなくなる。これが、「歴史的背景」から見た「理由」です。

そして、それが書かれているのは、第十二段落から傍線Cのある第十五段落までのあたり、つまりは、**「検証」されるより前のこと**なんです。

ここまでくれば、もうわかりますね。「人間が主体的立場になかったこと」の「検証」と、その「理由」の「歴史的背景」に基づく「分析」の順番が、**②と本文とでは逆**なんです。

③を確認しましょう。

③ 人間の自己愛に隠された傷があることを指摘した後で、差異が利潤を生み出すという基本的な資本主義の原理をふまえてその事例の特徴を検証し、最後に冒頭で提起した問題についての見解を述べている。

「人間の自己愛に隠された傷があることを指摘した」。これは第一・二段落の話ですね。「隠された傷」というのは、過去の三回の「痛手」に加えて筆者が加える、第二段落の**もうひとつの「傷」**のこと。

「差異が利潤を生み出すという基本的な資本主義の原理をふまえて…」。ここは、誤りである④とのいいコントラストになっていますね。

④では、「人間の労働を価値の源泉とする経済学」、つまり、「産業資本主義」にもとづいて、というところが×でした。③はちゃんと「商業資本主義」を「ふまえて」と言っていますから、ここの条件はクリア。

そして、「最後に冒頭で提起した問題についての見解を述べている」。

筆者は最後に言っていました、「ほーら、やっぱり人間が中心だったことなんて、一度もなかったでしょ？」って。傍線部Dのことです。

これでもって、「はい、追放完了！」っていう感じに締めている。つまり、**最初に提起した問題の見解を述べてこの文章を閉じています**。選択肢全体が、本文の順番どおりですね。

ということで、(ii)の正解は③です。本文の読み方と選択肢問題のコツは、大体つかんでもらえたでしょうか？

では次に、講をかえて「空所補充問題のコツ」に話を移しましょう。

以上で問題1の解説は「本文」「設問」ともに終わりです。

【問題1 正解】

問1 ア（蓄積）③　イ（扶助）①

ウ（滞留）①　エ（従事）②

オ（枯渇）②

問2 ③　問3 ⑤　問4 ⑤　問5 ③

問6 (i) ④　(ii) ③

【漢字】

ア ①増築　②逐語　③含蓄

④竹馬　⑤牧畜

イ ①扶養　②赴任　③布石

④交付　⑤不測

ウ ①滞　②怠　③替

④耐　⑤袋

エ ①充足　②服従　③安住

④縦断　⑤優柔

オ ①活力　②渇望　③一喝

④割愛　⑤包括

第4講 「空所補充問題」のコツ

「現代文そのもの」についてのお話も、いよいよ今回で最後となります。

第3章で体験していただきますが、共通テストでは、**空所補充問題**が一定程度の割合で出題されています。

想定される出題形式に関しても、次のように相当なバラエティが考えられます。

- 設問に本文の**「要約」**が出てきて、その一部が空欄になっている問題
- 本文について生徒や先生が**「対話」**をしていて、そのセリフの一部が空欄になっている問題
- 本文ないしは設問にある**「資料」**の一部が空欄になっている問題

では、これまでと同様に、まずは「空所補充問題一般」のセオリーをお話しして、それを実際の演習問題に応用していく、という流れで授業を進めていきたいと思います。

1 空所補充問題のコツ

▼コツ① 「周辺」をしっかり見る

空所補充問題は、原則として**空所の周辺に根拠が固まっている場合が多い**です。

自然に流れている文章の途中に穴をあけるわけですから、そこに入れるべき事柄の条件は、その空欄に流れ込んでいく表現とその空欄から流れ出ていく表現との前後関係によって、ガチッと確定してしまいます。

つまり、大抵の場合、**空所の中身は空所の前後の表現に厳密に制約される**ということです。

そういうわけで、まず一つ目。空所補充問題では**周辺をしっかり見る**ということを大事にしてください。

空所補充問題のコツ
◎ 周辺の根拠をしっかり押さえる

なお、これと同時に覚えておいてほしいのは、**傍線によって設問が立てられている場合**、空所補充問題と違って、**傍線と根拠や答えとの間に「距離」が発生する場合がある**ということです。

筆者は自分の言いたいことを何度も繰り返していますから、出題者はそのどれにでも線を引けます。そうすると、本文に散らばっている繰り返し表現の中でも、**答えや根拠がある場所からなるべく遠いところにある表現を傍線部にする**っていうことだってできちゃうわけです。

ですから、「傍線の前後周辺だけを見て答えを出す」というやり方は、いつでも100%有効だとは言えません。

▼コツ② 「記述」的態度をとる

話を戻しまして、コツの二点目。**正解の条件、できれば正解そのものを、選択肢を見るのに先立って、あらかじめ言葉にしておいてください。**

「選択問題」においては、選択肢を読む前にあらかじめ「記述」的な態度をとっておくことで、より正解が見えやすくなる、ということを、第3講でもお話ししました。「空所補充問題」も一緒です。

皆さんは、とりあえず空所に選択肢の言葉を順番に入れてみて、それで前後を読んでみて、「シックリ来る／来ない」という感触で判断することがあると思います。でもそうした選択肢に依存したやり方では、答えの根拠が**感触**になってしまいますし、簡単に選択肢の表現に振りまわされてしまいます。

「空所の前にこんな言葉があって、空所の後にあんな表現がある。ということは、この空所に入るのは○○というような意味の言葉かな」という、**正解の条件の言語化**が重要となります。

空所補充問題のコツ

◎ **周辺の根拠をしっかり押さえる**

◎ **あらかじめ答え（の条件）を言語化**

2 本文の分析

以上、「空所補充問題」のコツを二点お伝えしました。

それをふまえて、**問題2**の解説をしていきます。

今回の文章はいたって平明ですから、サクサクいきたいと思います。

まずは、**第一段落**。

> 本書ではこれまで、さまざまなフィールドの**デザイン**について言及してきた。ここで、本書で用いてきたデザインという語についてまとめてみよう。一般にデザインということばは、**ある目的を持って**意匠・考案・立案すること、つまり**意図的に形づくること**、と、その形づくられた構造を意味する。

押さえておきたい言葉は、まず「**デザイン**」です。この段落だけではなく、次段落以降についても言えるんですが、この「デザイン」という言葉が、およそ数えるのが無意味なくらいに繰り返されていますから。「**デザイン」が文章全体のテーマになる予感**は、持っておいてもいいと思います。

そして、その「デザイン」というのは、「ある目的を持って」何かを「意図的に形づくる」ことだと。

これで、第一段階の要約はできちゃいますね。**デザインというのは、何かからの目的を持って、何かを形づくることだ**。これは僕らが知っている「デザイン」っていう言葉のイメージとも合致します。

第二段落。

> こうした意味での**デザインをどう定義するか**。デザインを人工物とひとのふるまいの関係として表した新しい古典、ノーマンの『誰のためのデザイン』の中を探してみても、特に定義は見つからない。ここではその説明を試みることで、私たちが**デザインという概念をどう捉えようとしているのか**を示そうと思う。

▼「疑問文」は大事に！

第二段落には、皆さんがこれから出会う全ての文章で大事にしていただきたいものが出てきています。それは、**疑問文**です。

疑問文というのは、**これから筆者がしゃべることの宣言**です。

筆者というのは、読者に問いかける存在ではなく、読者の問いに答える存在であるはずですよね。そんな筆者が疑問文を提示してくるのはなぜか。それは、**今から自分が話そうとしていること**を「問いかけ」の形であらかじめ提示しておきたいからです。

つまり、その「問いかけ」に、読者の注意を引き付けたいんです。注意を引き付けたいってことは、**その答えを読者に強く打ち込みたい**んですね。

したがって、疑問文が出てきた場合には、**その「答え」が「筆者の言いたいこと」に直結する可能性が高い**ので、きっちり押さえておきましょう。

第二段落一文目は、「こうした意味での**デザインをどう定義するか**」という疑問文です。

三文目にも、「**私たちがデザインという概念をどう捉えようとしているのか**」という疑問文があります。「定義する」と「捉える」は、同じ意味だと考えていいので、この段落全体で、「**わたくし筆者は今からデザインの定義をしますから、聞いていてね**」と言っているわけです。これで、この先を読み進めていく際の**指針**が決まりましたね。

第三段落いきましょう。

> **辞書**によれば「デザイン」のラテン語の**語源**は〝de signare〟つまり〝to mark〟、印を刻むことだという。

この一文は、「**辞書**」による「デザイン」の「**語源**」の話。

「語源」は**筆者自身による**「**デザイン**」**の定義とは直接関係ありません**から、おいておきましょう。

この先を読んでも、この段落には大した情報はありません。せいぜい、

> （デザインとは）……今ある現実に「**人間が手を加え**

ること」だと考えられる。

と、第一段落で述べられていた「デザイン」の説明が軽く補強されているだけです。

そして**第四段落**。

私たちはこうした自分たちの活動のための**環境の改変**を、人間の何よりの特徴だと考える。そしてこうした**環境の加工を、デザインということばで表そうと思う**。

「…を、デザインということばで表そうと思う」。これは「**定義**」を示す言葉です。第二段落で出てきた「**デザインをどう定義するか**」に呼応する言葉ですね。

「デザイン」とは何か。それは「**環境の改変**」、「**環境の加工**」のことだと。

その先を見ておきますと……、

デザインすることはまわりの世界を「**人工物化**」することだと言いかえてみたい。自然を**人工物化**したり、そうした人工物を**再人工物化**したりということを、私たちは繰り返してきたのだ。英語の辞書にはこのことを表すのに適切だと思われる〝artificialize〟という単語を見つけることができる。アーティフィシャルな、つまり**ひとの手の加わったもの**にするという意味である。

「人工物化」、「再人工物化」、「ひとの手が加わる」、これらは全て、「**環境の改変・加工**」とほぼ同じことを示す言葉です。

というわけで、第四段落まで見てきましたが、これまでの筆者の主張はどうやらこれだけのようです。

デザイン
＝
環境の加工　↓　（再）人工物化

繰り返しを「ひとつの事柄」としてまとめて捉えていくと、**本文の言葉ってどんどん減っていきますね**。

第五段落、いきましょう。

デザインすることは**今ある秩序（または無秩序）を変化**させる。現行の秩序を**別の秩序に変え**、異なる意味や価値を与える。**例えば…**（略）…こうした工夫によって現実は**人工物化／再人工物化**され、これまでとは**異なった秩序として私たちに知覚される**ようになる。

我々をとりまく「秩序」っていうのは「環境」のことですし、それを「変化」させるというのは、「改変」するっていうことです。ということは、「**今ある秩序の「変化**」というのは、「**環境の改変」と同じ**ですよね。

それから、この段落には**事例**がたくさん出てきています。第2講でもお話ししたとおり、**事例は同じことの繰り返し**です。筆者が今自分で主張したことをもう一度「事例」によって繰り返しているんです。

つまりは、「本」にせよ「時間」にせよ「地図」にせよ、これらは「人工物化」による「秩序の変化」の繰り返しです。

段落が変わっても筆者の繰り返しは止まらないようですから、「要約」の更新は必要ありません。段落単位で、言葉がゴソッと落ちていきますね。

さて、この「同じことの繰り返し」はいつまで続くのだろうかと思いながら、**第六段落**を見てください。

今とは異なるデザインを共有するものは、**今ある現実の別のバージョンを知覚**することになる。

ここはちょっと新しいことを言ってきましたね。「今とは異なるデザイン」っていうのは、「**改変**」をすることですね。これは、今までの繰り返し。そして、「改変」をすると、「今ある現実とは別のバージョンを知覚することになる」。「**知覚**」、人が何かを認知すること。これは**今までになかった言葉**ですね。

デザイン
＝
環境の加工→人工物化
↓
別の現実を知覚

こうういう追加情報が出てきたら、それは要約に追加していきましょう。

> あるモノ・コトに手を加え、新たに人工物化し直すこと、つまり**デザインする**ことで、**世界の意味は違って見える。例えば**、図1のように、湯飲み茶碗（ちゃわん）に持ち手をつけると珈琲（コーヒー）カップになり、指に引っ掛けて持つことができるようになる。

「デザイン」によって「世界の意味は違って見える」。この「見える」っていうのは、一文目にあった「知覚する」と同じ意味ですよね。

そしてそれに続く「例えば」。「事例」は同じことの繰り返しですから、話は動きません。

この「事例」には傍線が引いてありますが、この傍線はいったん放っておきましょう。傍線部や空欄が来たら即座に設問を見に行きたい気持ちはわかりますが、筆者が今話している事柄について**全て喋（しゃべ）り終えていない段階**で設問に行っても、答えが決まらず意味もなく右往左往するだけで終わってしまう可能性が高いです。今読んでいる話が途切れるまでは、**傍線はいったん放置**。

ともあれ、この段落は「知覚の変化」の繰り返しです。ただ、段落の終わりになって、もう一つ情報を盛ってきます。

> このことで**モノの扱い方**の可能性、つまりアフォーダンスの情報が**変化**する。

「このことで」、つまり「このこと**が原因で**」、「扱い方」が「変化」すると。

「このこと」っていうのは、「デザイン」の結果としての「知覚（見える）の変化」ですよね。**その結果として、「モノの扱い方」もまた変わる**と。**「アフォーダンス」も変わる**と。

デザイン
＝
環境の加工→人工物化
←
別の現実を知覚
←
扱い方（アフォーダンス）の変化

少しずつですが、話が前に進み、押さえておくべき事柄が追加されていっていますね。

第七段落。

モノはその物理的なたたずまいの中に、モノ自身の**扱い方の情報**を含んでいる、というのがアフォーダンスの考え方である。鉛筆なら「**つまむ**」という情報が、バットなら「**にぎる**」という情報が、モノ自身から使用者に供される（アフォードされる）。

「つまむ」とか「にぎる」っていうのは、モノに対する「扱い方」の話ですね。ということは、前の段落の終わりにあった、「**扱い方の変化**」**という話が**「**事例**」**で続いているよう**です。新たな情報は増えません。

第八段落。

こうしたモノの物理的な形状の変化は**ひとのふるまいの変化につながる**。持ち手がついたことで、両手の指に一個ずつ引っ掛けるといっぺんに十個のカップを運べる。

「ひとの**ふるまい**の変化につながる」。「ふるまい」と今までの「扱い」との間に、意味の違いはありません。段落全体として、新たな情報は増えません。先ほどちょっと動き出したなと思ったら、また停滞しだしましたね。

第九段落いきましょう。

ふるまいの変化は**こころの変化につながる**。たくさんあるカップを片手にひとつずつ、ひと時に二個ずつ片付けているウェイターを見たら、雇い主は**いらいら**

するに違いない。**持ち手をつける**ことで、カップの可搬性が変化する。ウェイターにとってのカップの可搬性は、持ち手をつける前と後では異なる。**もっとたくさんひと時に運べる**そのことは、ウェイターだけでなく雇い主にも同時に知覚可能な現実である。ただ単に可搬性にだけ変化があっただけではない。これらの「容器に関してひとびとが**知覚可能な現実**」そのものが**変化**しているのである。

冒頭の「**こころの変化につながる**」。これは新しいことを言い出しました。「ふるまいの変化」、「扱い方の変化」は「こころの変化」につながると。

そして、実際にその変化を説明しているのが、それに続くカップの事例です。

この事例で出てくる「いらいら」って、「**こころ**」ですよね。そして、「持ち手がついている／ついていない」って、「**デザイン**」ですよね。そして、「もっとたくさんひと時に運べるはずだ！」というのは「**知覚**」、実際にそうやって「片付ける」か「片付けない」かっていうのは、「**扱い方**」です。

そう、この事例は、「**デザイン**」**によって**「**知覚**」**が変わり、その変化によって**「**モノの扱い方**」**が変わり、それによって人の**「**こころ**」**まで変化する**、ということを、「カップの運搬」のバージョンで再現しているんです。今までの「デザイン（環境改変）」に始まる一連の「変化」が全て組み込まれている、見事な事例です。

傍線部で指示されている「図1」がこの「カップ」に密接に絡む写真ですから、それも絡ませて捉えなおしておきましょう。

図1にあるように、持ち手が付けば、図2のようにカップをいっぱい持てますよね。ここまでが「**デザイン**」の話。

いっぱい持てるという現実がそこに「**知覚**」されているのに、それに対する「**扱い方**」が、従来のように片手につき一個、二個だったら、それは雇い主の中に「さぼってるんじゃないよ！」っていう「いらいら」した「**こころ**」を生みますよね。

これが、この段落の冒頭にあった「**こころの変化**」です。

る変化の過程を総おさらいしているだけのようです。

最終段落は、**新しい情報が増えることなく終了**。ということは、先ほどの最新の「要約」の時点で、本文全体の理解は終了していたようです。

第2講の文章に比べると、まとめやすい文章でしたね。

デザイン
＝
環境の加工→人工物化
←
別の現実を知覚
←
扱い方（アフォーダンス）の変化
←
こころの変化

残るは最後、**第十段落**のみです。が……。

ここで本書の内容にかなった**デザインの定義**を試みると、デザインとは「対象に**異なる秩序**を与えること」と言える。デザインには、物理的な変化が、**アフォーダンス**の変化が、**ふるまい**の変化が、**こころ**の変化が、**現実**の変化が伴う。**例えば…**

この最終段落は、今まで見てきた**「デザイン」による変化**

3 問題解説

▼会話文の中の空所補充

ここからは、冒頭で伝えた「コツ」を使っていく場面になります。

まずは設問を見ていきましょう。

> **問** 傍線部「図1のように」とあるが、次に示すのは、四人の生徒が本文を読んだ後に**図1**と**図2**について話している場面である。

設問の中に**会話**が出てきました。共通テストでは、この「対話」形式の問題が随所に現れます。

それも、第1・2問の「現代文」のみならず、第3問の「古文」や第4問の「漢文」においても、原文の解釈について生徒が会話をしている場面を設定して、問いが立てられています。

でも安心してください。カチッとした「である」調の文章であれ、くだけた「会話」調の文章であれ、見た目こそ違いますが、**内容の吟味の仕方は変わりません。**

そうかと言って、「**くだけた文体だから簡単なことしか言っていない**」**という発想もまた間違い**です。「くだけた文体」に変えられる前は、本文で述べられていた**難しい事柄**だったんですから。

ともあれ、順番に生徒たちの発言を見ていきましょう。まず、ここで、先ほどお話しした**コツ**①を思い出してください。すなわち、**空所の周辺に根拠が固まって存在している場合が多い**ということです。

実際、この「会話」の中でも、最初の生徒たちのセリフは、文章の流れをただなぞっているだけですね。

本格的に空欄の根拠に関わってくるのは、**六つ目の生徒Aの会話**からです。

生徒A——では、デザインを変えたら、変える前と違った扱いをしなきゃいけないわけではないってことか。

「変えなきゃいけないわけではない」。これが生徒Aが理解したことです。そして、それを聞いた生徒Cがこう言います。

生徒C——それじゃ、デザイン変えたら扱い方を必ず変えなければならないということではなくて…

生徒Cのここまでの発言は、一つ前の生徒Aの発言と全く同じです。「**デザインを変えたからと言って、変える前と扱い方を変えなければいけないということはない**」。これが、この二人の発言の主旨です。

デザイン変化
←
違った扱いをしなきゃいけないわけではない

ところで、本文では、「**デザインの変化**」は何を生むと言っていたでしょうか。

本文によれば、「デザイン」が「変化」したら、「**知覚される現実**」が変わります。

そして、「知覚される現実」が変われば、それに対する「**扱い方**」が変わります。

ここでいう「扱い方」っていうのは、今の生徒Aと生徒Cの会話にあった、「**扱い（方）**」**に対応**していますね。

ただ、本文では、「デザインが変われば知覚が変わり、扱い方が**変わる**」と言っていたのに対して、会話文のこの二人は、「**変えなければいけないわけではない**」と言っています。

この会話文、最初のうちこそ本文をそのままなぞっていたのですが、この**生徒Aと生徒Cの発言あたりから**、**本文を逸脱し始めた**んです。

そのタイミングで、空欄がやってきます。空欄の「前」の情報収集は終わりです。

では、ここから導き出せる空欄の「**正解**」**の条件**は何でしょう？

「違った扱いをしなければならないわけではない」と言っているわけですから、「**違った扱いをしなければならない**」**って言っている選択肢は×**ということになりますね。

選択肢を見てください。この時点で、一個落ちるの、ありませんか？

ちなみに、空所補充問題であっても選択肢は選択肢です。第3講で言ったように、**正解の選択肢も不正解の選択肢もちゃんと上手に言い換えています**から気を付けてくださいね。

はい。この段階で、③は×です。

> ③　ものの見方やとらえ方を変えることの必要性を実感する

×ポイントは「**必要性**」です。「必要性」って、「そうする必要があるんだ」、**「そうしなければいけないんだ」**という意味でしょ？

生徒Aと生徒Cは、「変えなきゃいけない**わけではない**」って言っているんだから、**真っ向から矛盾しています。**

さあ、③が落ちたところで先にいきましょう。今度は、空欄の「後」です。

生徒Cの「□ということになるのかな」という言葉を受け継いで生徒Dが言った発言。

> 生徒D――そうか、**それが**、「今とは異なるデザインを共有する」ことによって、「**今ある現実の別のバージョンを知覚することになる**」ってことなんだ。

「それ」は言うまでもなく**指示語**です。「それ」の指示対象は直前の「□」です。

そして、この指示語が主語になって、それに「『今ある現実の別のバージョンを知覚することになる』ってこと」が述語として続いています。

ということは、「□」に入るのは、「**今ある現実の別のバージョンを知覚すること**」です。

当たり前のロジックですが、こういうのを意識的にシッカリ固めていないと、「選択肢を選ぶ／切る」の基準が明確に意識できなくなります。

さて、ここから得られる①、②、④、⑤を切ったり選んだりする条件は何でしょうか？

おそらく、**空欄に入る文の末尾には「知覚」を示す言葉が来ます。**根拠は今見たとおり。空欄に入るのは「それ」であり、「それ」の指示対象は「現実の別のバージョンを**知覚すること**」だからです。

デザイン変化
＝
違った扱いをしなきゃいけないわけではない
←
□
→
今の現実の別バージョンの知覚（「それ」）

確認してみましょう。①、②、④、⑤の**末尾だけ**読んでみます。

①は「わかる」。これ、「知覚する」ですね。

②は「知る」。これも、「知覚する」ですね。

⑤の「気づく」は、明らかに「知覚する」です。

④の「**意識していく**」っていうのは、「**知覚する**」**からちょっとずれていますね**。何か**外からやってきたもの**を知ったりわかったりすることを「知覚する」というのですが、「意識していく」っていうのは、**自分から何かをやっていくぞという**「**構え**」、「**姿勢**」のようなことを意味する言葉です。ニュアンスが、違います。

したがって、④はちょっと疑ってかかったほうがよさそうですね。④の「意識していく」以外のところも、吟味してみましょう。

> ④ **立場によって異なる世界が存在する**ことを意識していく

「立場によって異なる世界が存在する」って、「現実の別のバージョンを知覚する」っていうことと同じことになりますか？

「今ある現実」があって、その「**今ある現実**」**に対して手を加えて**「**デザイン**」**を変化させたら、我々に見えている、知覚される現実が別のあり方になる**。これが、本文で言っている「別の現実を知覚する」です。

これに比べると、「見る者の**立場によって**その世界が違っていくんだ」っていうのは、**全然違う話**じゃないですか？

というわけで、④はこの時点で×。

そうすると、残る①、②、⑤を吟味していく際に決定的な根拠になりうるのは、「**今の現実とは別のバージョンを知覚する**」**が言えているかいないか**、ということになりそうですね。

まずは①。

> ① どう扱うかは**各自の判断に任されている**ことがわかる

「どう扱うかは各自の判断に任されている」。つまり

「**扱い方の判断は人それぞれだよ**」っていうことですよね。「別の現実が知覚される」と対応する説明だとは言えません。

ちなみにこの①、もし**空欄の直前だけが**「**正解**」**の条件だったら、決して悪くはない**んですよね。

先ほど見たとおり、直前の主旨は、「デザインが変わってもそれに応じて違った扱いを**しなければならないわけではない**」というものでした。

つまり、「デザイン」が変わったら、同じままの「扱い」をしてもいいし、違った「扱い」をしてもいい。そういう主旨ですよね。

これだけが「正解」の基準なのであれば、「どう扱うかの判断はその人次第」っていうのは、正解の条件を満たしています。でも、空欄の後ろにある「**今ある現実の別のバージョンを知覚することになる**」**は全くカバーできていない**ので、ダメなんです。

このように、空所の前と後ろはそれぞれに違う条件を突き付けてきますから、「**前**」**の条件と**「**後ろ**」**の条件を共に満たすものを正解とする**、という構えが必要になります。「前」と「後ろ」、両方シッカリ見てくださいね。

さて、この流れでいくと、「今とは別のバージョンの現実を知覚する」っていうことをうまく言えているのは、②と⑤のうち片方だけということになります。

比較しながら見てみましょう。

> ② デザインが変わると**無数の**扱い方が生まれることを知る
>
> ⑤ 形を変える**以前とは異なる**扱い方ができることに気づく

こうして比較してみると、何が違っているかは明白にわかりますね。

「**無数の扱い方**」と「**以前とは異なる扱い方**」。**この違い**です。他の箇所については、細かい表現の仕方を除いて何ら両者に違いはありません。

さて、「無数」と「今までと異なる」。この二つのうち、「**今**ある現実の**別**のバージョンを知覚する」をより適切に言えているのはどちらでしょうか？

②の「無数」は**ちょっと多すぎ**ですね。現実がひ

とたび変わっただけなら、「二つ目」の扱い方が増えるだけであって、決して**「無数」が一斉に増えるわけでありません**。

ここまで考えて、やっと答えが決まります。正解は⑤です。

はじめの**「コツ」**のところで言ったように、**これだけ選択肢でしゃべってくださいね**。皆さんが言葉で思考する必要があるのは「本文」だけじゃなく、**「選択肢」でもだ**ということは、繰り返し強調しておきます。

さあ、これで第2章、「現代文そのもの」の一般的なセオリーについての授業は終わりです。

いよいよ第3章では、今までお話ししたことをふまえて、共通テストの試行問題を解いてみたいと思います。

【問題2 正解】
⑤

第3章

「試行調査」問題で新型入試を体感しよう

第5講「論理的・実用的文章」

さあ、この授業も後半戦に入りました。第3章からはいよいよ本題、実際に**共通テストで出題される形式の問題を解いていく過程**をお見せしていきます。

最初の問題（**問題3**）は、共通テスト国語の第1問にあたる、「論理的・実用的文章」の問題です。「資料に取り巻かれた評論文」という形をとる問題ですので、**「資料」をどう上手に読解と解答に組み込めるか**がカギになります。

1 問題構成の分析

では手始めに、問題全体を見て、その特徴を分析しておきましょう。

まず、**【資料Ⅰ】**として「ポスター」があります。そして、**【資料Ⅱ】**として「著作権法」からいくつかの条文が抜粋されて一覧になっているものが続きます。これを「**規約文**」と呼びます。そしてそれに続いて、**【文章】**がやってきます。この**【文章】**自体の中にも三つの「図表」が挿入されていますね。そして最後に**設問**がきて、問題は終わりです。

この問題、どのような読解・解答手順をイメージして解けばよかったのでしょうか。

「ふつうの現代文」のイメージでいけば、まずは**【資料Ⅰ・Ⅱ】**→**【文章】**というふうに、**出てきた順番に「読解」を進め、それから設問を読み**、「読解」で得た情報を頭の中で蒸し返しながら「解答」をしていく……そんな感じになると思います。

でも、この問題に関しては、果たしてそのイメージって、適切なのでしょうか？

▼構成要素の順≠理解していく順番

順番に検証していきましょう。

まず、【資料Ⅰ】について。問題の始めにあるリード文のところに、「次の【資料Ⅱ】と【文章】を参考に作成しているポスターである。」とあります。【資料Ⅰ】の見方は、【資料Ⅱ】と【文章】を理解した後にはじめて理解可能になるようです。この時点で、物理的な位置としては最初にある【資料Ⅰ】が、**設問に答える手順で言うと後のほうに回ります。**

【資料Ⅱ】の「規約文」はどうか。各「条文」は、「著作権法」を構成するルールであるという点は共通しているものの、それ以外の点では**お互いに独立した項目**になっています。「書かれている様々な事柄を取りまとめて、**統一的な筆者の主張**を見出す」という、**従来の「本文」のような読み方はできません。**

そして、見なければいけない条文は、この問で材料になるのはあの条文……あの問で材料になるのはこの条文……というように、**設問ごとにその都度異なります。**

さらに言えば、**結果としてはどの設問でも要求されていない条文**も存在しています。ということは、「条文」**を真っ正面から見るのは設問を見た後**のことになりそうですね。

本文中の「図表」は？　問題を解く過程でお気づきになったと思うんですが、これらの「図表」は【文章】の理解の先で理解できるものであって、本文と独立に読んでも理解できません。結局、**【文章】の読解に吸収されてしまいます。**

以上をふまえて考えるなら、「正解」と言える手順は、以下のとおりです。

【資料Ⅰ・Ⅱ】は置いておいて、**まず【文章】を理解**します。【文章】の理解が、それを取り囲んでいる**全ての【資料】を理解するための土台**になっていますから、当然ながら、【文章】中の三つの「図表」についても、【文章】を理解するのと同時進行で意味が与えられます。

【文章】の次は設問です。**設問に解答していく中でようやく【資料Ⅰ・Ⅱ】が視野に入ってくる**という流れになります。

このように、**【資料】**が絡む問題では、**問題を構成する要素が並んでいる順番と、それらを正しく理解していく過程の中で見ていく順番が、必ずしも一致するわけではありません。**

▼資料をそれ自体として読むことに意味がない

以上からわかることが、もう一つあります。

本文の中に出てくる「資料」は、**本文に書かれていることを反映**しています。だから、本文を理解してはじめて、「資料」の意味もわかってきます。

今回の**【資料Ⅰ・Ⅱ】**のように、本文にその外からくっついてくる「資料」は、**設問で問われたことに応じるための材料**です。だから、それぞれの設問を見て、それが何を要求しているかを確認してはじめて、「資料」の見方も決まってきます。

要するに、**文章の読解や設問への解答と切り離して「資料」を理解しようとしても、あまり意味がない**んです。

なお、今述べてきたような特徴は、この問題に限らず、共通テストの第1問「論理的・実用的文章」全てに当てはまる特徴になると思います。

それでは、実際に問題を解説していきます。

2 本文解説

では、**第一段落**から見ていきましょう。

> 1 **著作者**は**最初の作品**を何らかの**実体**——**記録メディア**——に載せて発表する。その実体は紙であったり、カンバスであったり、空気振動であったり、光ディスクであったりする。この最初の作品をそれが載せられた実体とともに「**原作品**」——**オリジナル**——と呼ぶ。

「著作者」が「**最初の作品**」を発表するときには、例えば絵なら「カンバス」、音楽なら「空気振動」、あるいはそういった「作品」を記録する「光ディスク」といった「**実体**」「**記録メディア**」**に載せる**。これは当たり前の話ですね。

そして、その「**作品**」を「**実体**」ごと「**原作品**」、「**オリジナル**」**と呼ぶ**。ここまでは何ら難しいところはありません。

第二段落、いきましょう。

> 2 **著作権法**は、じつは、この原作品のなかに存在する**エッセンス**を引き出して「**著作物**」**と定義**していることになる。そのエッセンスとは何か。A記録メディアから剥がされた**記号列**になる。著作権が対象とするものは**原作品ではなく**、この**記号列**としての著作物である。

第一段落では、著作者が作品を載せているのが「原作品」だと言っていたのに、第二段落では、「著作権が対象とするもの」は「原作品**ではなく**」とあります。早速わかりづらくなってきたので、ちょっとほぐしておきます。

第一段落で見たとおり、著作者はカンバスやディスクのような「実体」に載せるという形でしか作品を発表できないのですが、じゃあその「実体」が「作品」なのかというと、実はそうではありません。

「著作権法」が守ろうとしている「作品」というのは、**カンバスやディスクといったいわば「器」自体ではなく、その中に入っている思いや考え**、正確には**その思いや考えを示す「記号列」**です。

なるほど。「原作品」っていうのは「記号列＋実体（器）」なんだけど、**著作権が保護するのはそのうち「記号列」のほうだけ**で、「実体（器）」ではないということですね。

第一、第二段落を取りまとめると、次のような図ができます。

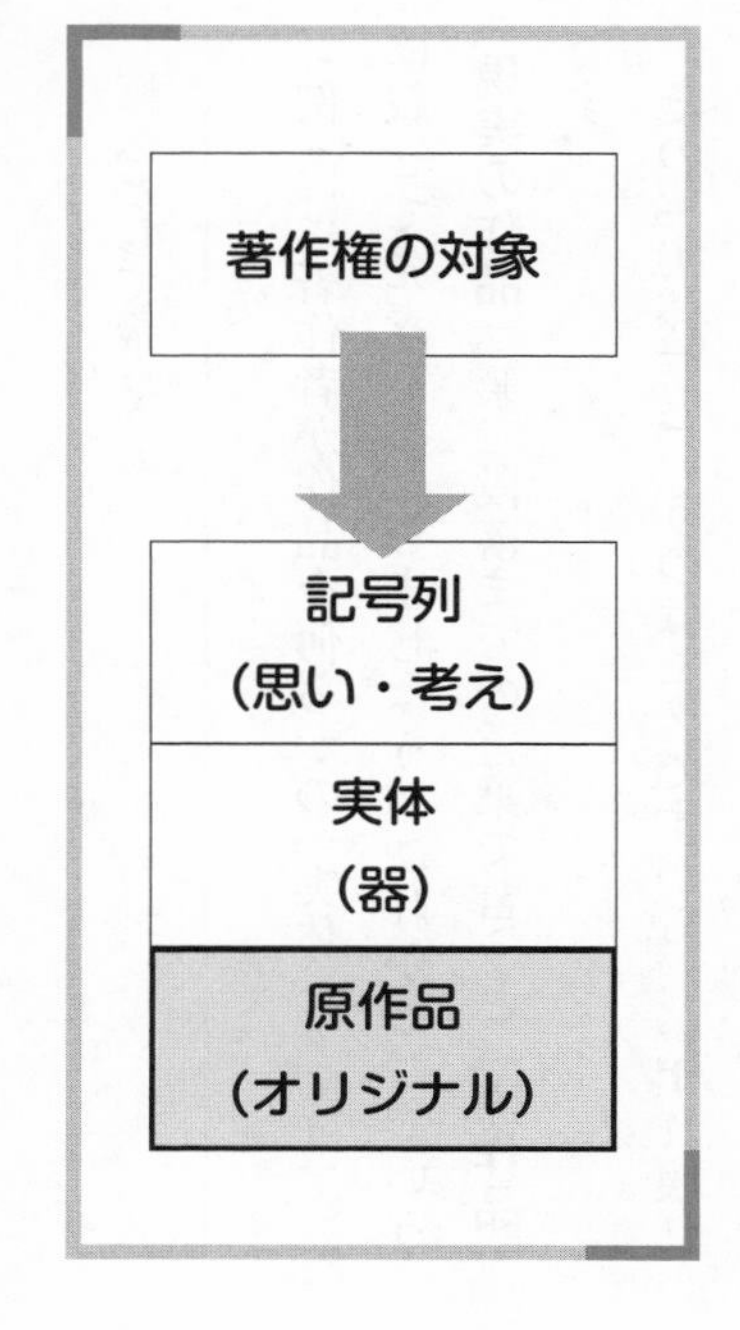

この図のような理解を作っておくと、**第三段落**が非常に捉えやすくなります。

> 3 論理的には、著作権法の**コントロール対象**は著作物である。しかし、そのコントロールは**著作物という概念**を介して物理的な実体——**複製物**など——へと及ぶのである。

「**著作物という概念**」というのは、第一・二段落で言っていた「**作品が載っている実体から引き剥がされた、思い・考えを表す記号列**」をギュッとまとめた表現ですね。

この「概念」で「著作物」を定義すると、その「著作物」が「**原作品**（**つまりオリジナル**）」に載っている場合だけではなく、「複製物（**つまりコピー**）」**に載っている場合でも**、著作権法で「コントロール」できることになると。

> **現実の作品**は、物理的には、あるいは**消失**し、あるいは**拡散**してしまう。だが著作権法は、著作物を**頑丈**な概念として扱う。

例えば、著作者が作品を何らかの「実体（メディア）」に載せて発表したとしましょう。これがここでいう「**現実の作品**」、第二段落までの言葉で言うと「**原作品**」です。

その「実体」というのはモノですから、いずれ壊れたり、バラバラになったりしますよね。これが、「**物理的**」な「**消失**」「**拡散**」。

でも、著作権法による「著作物」の概念は「**頑丈**」なんだと。この「頑丈」の意味がわかりません。

ここは、ちょっと自分でつなげて考えないといけませんね。

ポイントになるのは、現行の著作権法のコントロール対象は、「**複製物**（**コピー**）」にも及ぶという話です。

もし、「原作品」だけが「著作権法」の保護の対象なのであれば、「原作品」が「消失」、「拡散」した時点で著作権も消滅しますね。これ、いわば「脆い」ですね。

でも、「**著作権法が守っているのは実物のほうじゃなくてその中身の記号列（思い・考え）のほうなんだ**」ということなのであれば、「**複製物**」**に載っている場合にも著作権が適用されると**。

これが「頑丈」ということですね。「頑丈」だというのは、「**適用範囲が広い**」ということだったんです。

先ほどのまとめに加えると、次のようになります。

念のため確認しておくと、この図にある「複製品（コピー）」の左には、無限にこれと同じ「複製品（コピー）」の列があることになります。

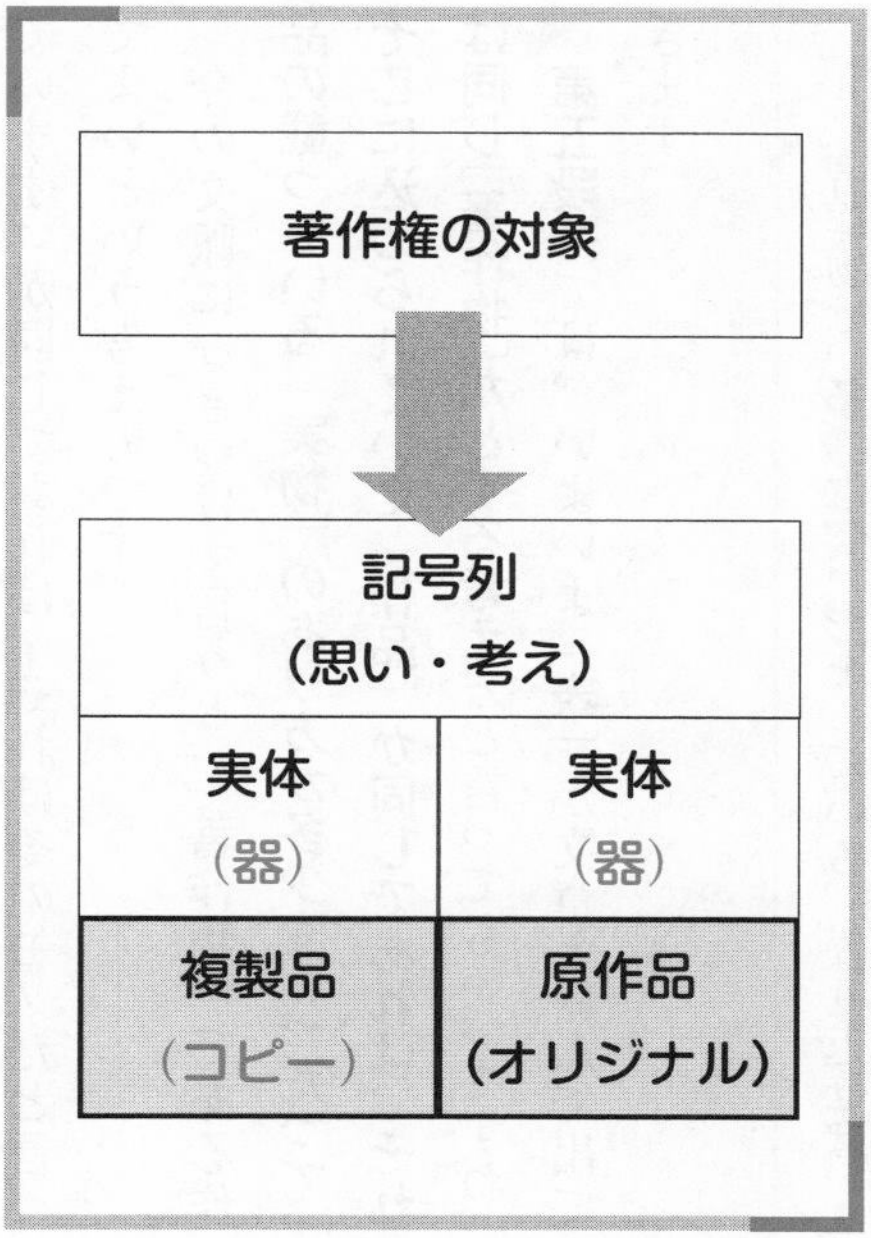

著作権の対象

↓

記号列（思い・考え）	
実体（器）	実体（器）
複製品（コピー）	原作品（オリジナル）

第四段落。

④ もうひと言。著作物は、かりに原作品が**壊されても盗まれても**、保護期間内であれば、そのまま**存続する**。また、**破れた**書籍のなかにも、**音程を外した**歌唱のなかにも、**存在する**。現代のプラトニズム、とも言える。

「壊される」、「盗まれる」、「破れる」は、第三段落で出てきた「**消失**」、「**拡散**」**と同じことの繰り返し**です。「音程を外す」についても、「原作品」そのものではなくなっているという点で、言っていることは「消失」、「拡散」とそう違いはありません。

そういうことが起こっても、「著作物」は「存続する」あるいは「存在する」。要するに、第三段落の「**頑丈**」を詳しく説明しているだけです。

なお、「**プラトニズム**」というのは、古代ギリシャの哲学者プラトンの考え方です。プラトンによれば、モノがそのあるがままでなくなっても、**そのモノが持っていた本質**（これをプラトンは「**イデア**」と呼んでいます）が同じであれば、それはそのモノだと言ってよいという考え方です。

今の文脈にひきつけて言うと、**「著作物」である作品の載っている「実物」のあり方が多少変わったって、そこに込められていた「作品」が同じであれば、それは同じ「著作物」だとする考え方**と言ってもいいですね。

第五段落では、いよいよ「**表**」が文章と絡んで出てきます。

> 5　著作物は、**多様な姿**、**形**をしている。繰り返せば、テキストに限っても…（略）…それは神話、叙事詩、叙情詩、法典、教典、小説、哲学書、歴史書、新聞記事、理工系論文に及ぶ。いっぽう、**表1の定義**に合致するものを上記の例示から拾うと、もっとも**適合する**ものは**叙情詩**、逆に、定義に**なじみにくい**ものが**理工系論文**、**あるいは新聞記事**ということになる。理工系論文、新聞記事には、表1から**排除される要素**を多く含んでいる。

今までにしていた「オリジナル」と「コピー」の話、「著作権法のコントロール対象」の「頑丈さ」の話が影を潜め、**著作物の種類**に話が移りました。こういう**話の変わり目**には敏感に対応しましょう。

ところで、ここでいう「適合する」、「なじみにくい」の区別は、表1にある「著作物の定義」に対応しています。

表1の「キーワード」
＝
第五段落の「著作物」の定義に「適合する」
（「叙情詩」がその典型）

表1の「排除されるもの」
＝
第五段落の「著作物」の定義に「なじみにくい」
（「理工系論文」「新聞記事」がその典型）

表1の左側、「**キーワード**」の列に並んでいるのが「**著作物**」の「**定義**」に「**適合する**」**もの**で、その典型が「叙情詩」だと。確かに「**叙情詩**」というのは表にあるとおり、「**感情**」の「表現」だし、「創作」そのものだし、「文芸」に含まれるものですよね。

そして、右側の「**排除されるもの**」の列に並んでいるのが、「**定義**」に「**なじみにくいもの**」で、その典型は「**理工系論文**」や「**新聞記事**」だと。確かにこれらは表1にあるとおり単なる「事実、法則など」の「発見」ですし、情報として「実用」化されてはじめて意味を持つものですね。

続けましょう。**第六段落**。

> 6 ということで、著作権法にいう著作物の定義は**叙情詩をモデルにしたもの**であり、したがって、著作権の扱いについても、その侵害の有無を含めて、**この叙情詩モデル**を通しているのである。それはテキストにとどまらない。地図であっても、伽藍(がらん)であっても、ラップであっても、プログラムであっても、それを**叙情詩として扱う**のである。

第六段落は、「**著作権**」＝「**叙情詩モデル**」ということを、事例を交えつつ繰り返し強調しているだけで、新しい情報はありません。

ただし、**第七段落**が言うには……。

> 7 だが、ここには**無方式主義**という原則がある。このために、著作権法は叙情詩モデルを尺度として使えば**排除されてしまうようなものまで**、著作物として認めてしまうことになる。

「**理工系論文**」、「**新聞記事**」のようなタイプの書き物は「著作物」から「排除されてしまう」はずだが、「**無方式主義**」というのがあるから「**排除**」**されない**んだと。これは今までになかった新しい情報ですね。

第八段落。

> 8 **叙情詩モデル**について続ける。このモデルの意味を確かめるために、その特性を**表2**として示そう。**比較**のために**叙情詩の対極**にあると見られる**理工系論文**の特性も並べておく。

ここで、表2が出てきます。表2を見れば「叙情詩」とその「対極」にある「理工系論文」とを対照的に比較できるようです。

ただ、「叙情詩＝著作物の定義に適合する」、「理工系論文・新聞記事＝著作物から排除される」という対立的な関係は、**表1ですでに示されていました**。表1と表2は何か大きな違いがあるのでしょうか。

第九段落。

> 9 表2は、具体的な著作物——テキスト——について、**表1を再構成したもの**である。ここに見るように、**叙情詩型のテキストの特徴**は、「私」が「自分」の価値として「一回的」な対象を「主観的」に「表現」として示したものとなる。**逆に、理工系論文の特徴**は、「誰」かが「万人」の価値として「普遍的」な対象について「客観的」に「着想」や「論理」や「事実」を示すものとなる。

「再構成」というのは、「**同じ物**を別の形に組み立て直す」こと。表1と表2の中身は、本質的には変わっていないようです。実際、この傍線部Bの先に表2の説明が続いていますが、「**逆に**」という言葉を軸にして「**叙情詩**」と「**理工系論文**」**の対立関係**をさらに掘り下げて説明しているだけです。

表1の「キーワード」
＝
第五段落の「著作物」の定義に「適合する」
（「叙情詩」がその典型）
↓
表2の「叙情詩型」で詳述

表1の「排除されるもの」
＝
第五段落の「著作物」の定義に「なじみにくい」
（「理工系論文」「新聞記事」がその典型）
↓
表2の「理工系論文型」で詳述

この段落に書かれていることを表1と重ねて、先ほど作ったイメージに、書き足してみました。

以上、第九段落までの概要です。筆者はここまでの間ずっと、「**著作物性の高い叙情詩型の書き物**」**と**「**著作物性の低い理工系論文型の書き物**」、この二つの特徴を対比的に説明し続けているようですね。

先へ行きましょう。**第十段落。**

> ⑩ 話がくどくなるが続ける。二人の**詩人**が「太郎を眠らせ、太郎の屋根に雪ふりつむ。」というテキストを**同時に**べつべつに発表することは、確率的に見てほとんど**ゼロ**である。このように、叙情詩型のテキストであれば、表現の**希少性は高く**、したがってその**著作物性**――著作権の濃さ――は**高い**。

「太郎を……」の詩は表1のカテゴリーで言えば「文芸」に属しますから、**典型的な**「**叙情詩型**」の書き物です。

同じものが「**同時に**」**出てくる可能性は**「**ゼロ**」**だ**ということですが、これは表2に出てきた「一回的」「自立的」と置き換え可能ですね。そういったものは、「**希少性**」**が高く、したがって**「**著作物性**」**が**「**高い**」と。

第十一段落。

> ⑪ いっぽう、**誰が解読しても**、特定の生物種の特定の染色体の特定の遺伝子に対するDNA配列は**同じ**表現になる。こちらの**著作物性は低く**、したがって著作権法のコントロール領域の外へ**はじき出されてしまう**。

「DNA解読」が出てきますが、これが「**理工系論文型**」の書き物に該当することは、もはや説明不要ですね。

こちらのほうは、「**誰が解読しても……同じ**」**になると**。表2の言葉で言うと、「誰でも」、「普遍的」に対応しています。そうしたものは、「**著作物性が低い**」**と判定され**、著作権法による保護の対象から「はじきだされてしまう」、つまり表1の言葉で言うと、「**排除される**」。

これで明らかですね。この第十・十一段落も、第九段落まで続いていた二項対立に吸収できます。新しいことは、言っていません。

先へ行きましょう。第十二段落は特に見るべきものがありませんので、スルーします。

第十三段落。

> 13 **表2から**、どんなテキストであっても、**「表現」と「内容」とを二重にもっている、という理解を導くこともできる**。それはフェルディナン・ド・ソシュールの言う「記号表現」と「記号内容」に相当する。

「表現」と「内容」。新しい言葉が出てきましたが、それが**表2から導ける「二重（二つ）」のもの**であるのなら、これらも「叙情詩」と「理工系論文」のどちらかにつながっていくという見当はつきますね。

> **叙情詩**尺度は、つまり著作権法は、このうち**前者に注目**し、この表現のもつ価値の程度によって、その記号列が著作物であるのか否かを判断するものである。ここに見られる**表現の抽出**と**内容の排除**とを、法学の専門家は「表現／内容の二分法」と言う。

「叙情詩尺度」が「前者」、つまり「表現」に注目するとありますから、自動的に、「理工系論文」のほうには「内容」が対応することになります。

つまり、**叙情詩のように「表現」を主とするのではなく、「内容」を主とする理工系論文は、「著作物」から「排除」される**、そういう話です。この段落の最後に出てきた「内容の**排除**」という文言も、表1に出てきた「**排除されるもの**」という表現に対応させてあると考えていいでしょう。

第十四段落。

> 14 いま価値というあいまいな言葉を使ったが、およそ何であれ、「ありふれた表現」でなければ、つまり**希少性があれば**、それには**価値**が生じる。著作権法は、テキストの表現の希少性に注目し、それが**際立っている**ものほど、そのテキストは**濃い著作権**をもつ、逆であれば**薄い著作権**をもつと判断するので

ある。この二分法は著作権訴訟においてよく言及される。争いの対象になった著作物の特性がより**叙情詩型なのか**、そうではなくてより**理工系論文型なのか**、この判断によって**侵害のありなし**を決めることになる。

「希少性（**著作物としての価値**）」が高ければ高いほど「侵害」が認定されやすくなる。低ければ低いほど、されにくくなる。これは、今までの話を「侵害のあり・なし」ということに即して再確認しているだけです。

結局のところ、文章がどこまで進んでも、**同じ「二つ」の事柄が深くなっていっているだけ**です。

ところで、反対関係になるものが連鎖して出てくる文章では、このように**それぞれの反対関係がつながっていく**という傾向があります。これが、よく言われるところの「**対比構造**」**の文章**ですね。それが把握できていれば、**書かれている事柄を**、「**二つのうちのどちらか**」**にカウントしていけばよい**とわかっているわけですから、読解がどんどんスムーズになります。

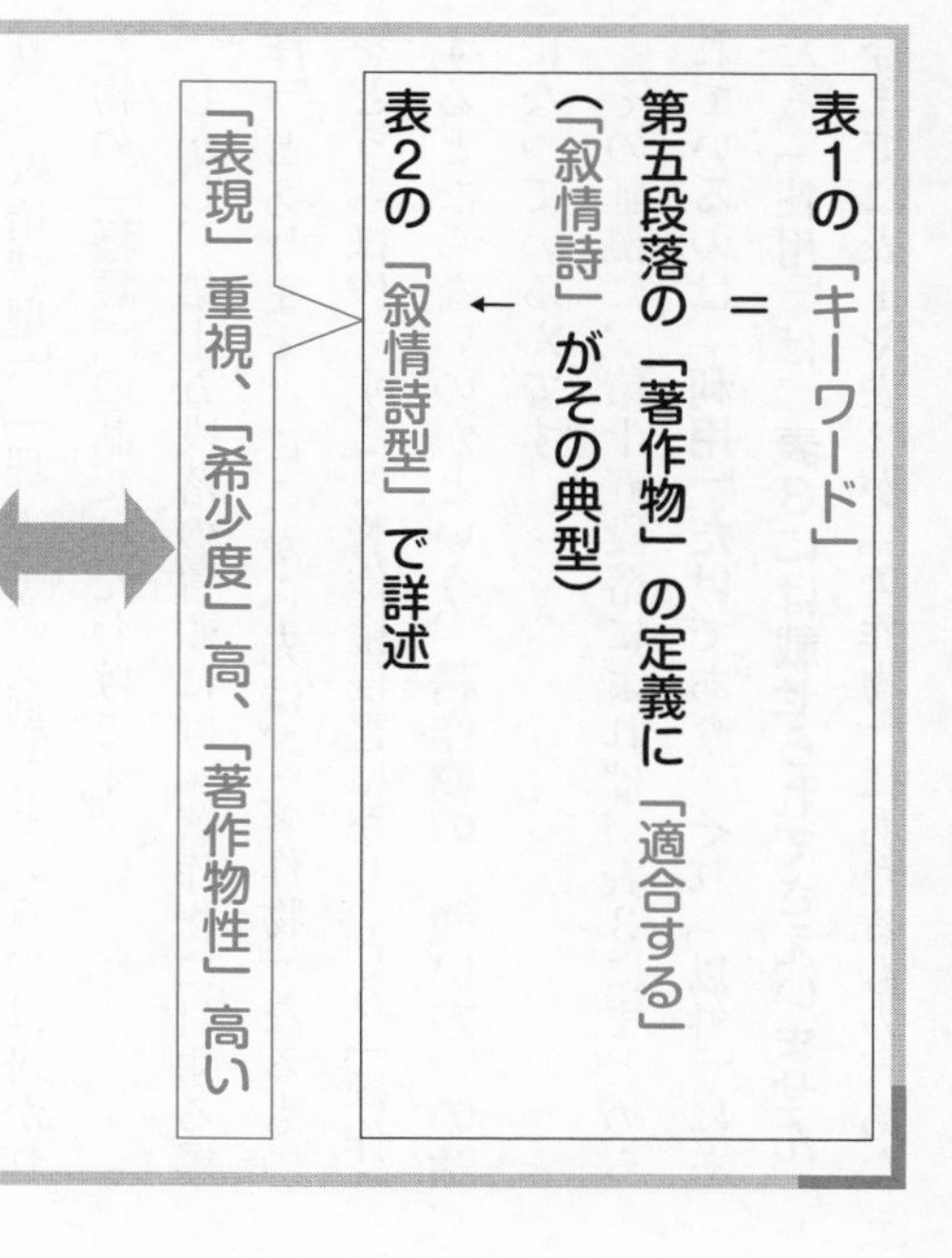

なお、この文章の対比構造はかなり明白だったので、このように僕が指摘しなくても、お気づきになれたかもしれません。

でも、文章によっては、**対比構造をとっているのにそれが見えにくかったり、対比構造を想定しないと文章がうまく読めなかったりするケース**もあります。これについては、第7講で詳しく触れますね。

第十五・十六段落、一挙にいきます。

> 15 **著作物に対する操作**には、著作権に**関係する**ものと、**そうではない**ものとがある。前者を著作権の「**利用**」と言う。そのなかには多様な手段があり、これをまとめると**表3**となる。
>
> 16 表3に示した**以外**の著作物に対する操作を著作物の「**使用**」と呼ぶ。この使用に対して**著作権法ははたらかない**。何が「利用」で何が「使用」か。その判断基準は明らかでない。

「**著作権に関係する**」ものに対して、「**そうではない**」もの。

「**利用**」に対して「**使用**」。

表3にまとめられるものに対して、**それ**「**以外**」。

これらの反対関係もまた、今までの二項対立に組み込み可能だと思った人は多いと思います。

でも、残念ながらそうはいきません。

第十四段落まで語られてきたのは、**何をもって**「**著作権法**」**の適用される**「**著作物**」**とするか**です。つまり、「叙情詩型」、「理工系論文型」というのは書かれた物の「**種類**」の話だったわけです。

しかし、第十五段落の冒頭には「著作物に対する**操作**」とあります。ここから先は、「著作物」なるものをどう「操作」すると著作権侵害になり、どう「操作」するとならないのかという、**著作物の**「**使い方**」**の話**になっているんです。

その証拠に、第十五段落によれば、表3にまとめられているのは「**利用**」**だけ**であり、それ「以外」にあたる「使用」は、**表3には載せられてさえいません**。今までに表1や表2が「著作物」にあたるもの、あた

郵 便 は が き

料金受取人払郵便

新宿局
承認

1523

差出有効期間
令和３年７月
31日まで切手
をはらずにお
出し下さい。

160-8791

141

（受取人）
東京都新宿区新宿 1-10-3
太田紙興新宿ビル

㈱語学春秋社
読者アンケート係 行

フリガナ
（お名前）

（性 別） 男・女 （年齢） 歳

（ご住所） 〒 －

一般社会人（ご職業） □TOEIC・TOEFLで（ ）点をクリア
□英検で（ ）級を取得している

高校生・高卒生（学校名 高校 年生・卒）
（志望大学） 大学 学部

中学生・小学生（学校名 中学校・小学校 年生）
（志望校） 立 高等学校・中学校

読者アンケート

弊社の出版物をご購読いただき，まことにありがとうございます。お寄せいただいたアンケートは，弊社の今後の出版に反映させていただきます。

①ご購入の本のタイトル

ご購入の書店名（　　　　　　　　　　）・ネット書店（　　　　　　　　　　）

②本書をお求めになったきっかけは何ですか？

1. 本の（著者・タイトル・内容・価格）がキメ手となった
2. 著者・学校の先生・塾の先生・友人・その他 のすすめ
3. 広告を見て（　　　　　　　　　新聞・雑誌・ネット・テレビ）
4. 小社ホームページ（goshun.com）・Facebookを見て

③本書をご購入してのご感想

本書のカバーデザイン・内容・見やすさ・難易度・価格など，お気づきの点がございましたら，どんな些細なことでも結構ですのでお書きください。また，出版についてのご要望がありましたら，併せてお書きください。

■このはがきにご記入の個人情報を小社から皆さまへの出版物・サービス等に関するご案内やアンケート等に利用させていただいてよろしいでしょうか？

実名で可・匿名で可・不可

らないもの（排除されるもの）の**両方を載せていたの**とは、対照的です。

というわけで、ここから先は「**叙情詩型**」**の書き物**（著作物性が高いタイプの書き物）の側だけに話の焦点が絞られ、**その使われ方についての反対関係**が、「利用」「使用」という対概念を軸にして展開されているのです。**今までの対比が終わり、対比されていたもの片側について、新しい対比が始まりました**。文章読解という点でも解答という点でも、この瞬間は重要でしたね。

ここでこの変化を見極められなかった人は、問3でちょっとつまずいてしまったかもしれません。

著作物が**表3にまとめられているような使い方**をされる場合には、それを「**利用**」と呼び、**著作権法がはたらく**と。それに従わない「利用」は著作権の**侵害になる**わけですね。

それに対して、**表3にはないような使い方**（つまり「使用」）をした場合には、それが「著作物性が高い」とされた作品であっても、「**著作権法は働かない**」、つまり著作権の**侵害にならない**わけですね。

次の第十七段落は、今見た「**利用**」、「**使用**」の話を具体的に掘り下げているだけなので、スルーします。

第十八段落。

> ⑱ このように、著作権法は「**利用／使用の二分法**」も設けている。この二分法がないと、著作物の使用、著作物へのアクセスまでも著作権法がコントロールすることとなる。このとき**コントロールは過剰**となり、**正常な社会生活までも抑圧してしまう**。たとえば、読書のつど、居住のつど、計算のつど、その人は著作者に許可を求めなければならない。ただし、現実には利用と使用との区別が困難な場合もある。

第十七段落までの「利用」、「使用」という「二分法」の説明を引き継いで、それがないと著作物が「コントロール過剰」の状態になり、「社会生活」が「抑圧」されてしまうと。「抑圧」とはどういうことか。

この段落にある具体例を膨らませて言うと、例えば本を読むのにいちいち「あなたの作品を読んでいいですか？」と申請していたら、本を読む手間が多すぎます。計算式を使うたびに「あなたの編み出した計算式を使ってもいいですか?」と数学者に申請をしていたら、学校の算数・数学の授業現場が崩壊します。

このように、「使用」というところまで著作権で**縛られてしまうと、我々は生活できなくなるわけです。**

そういうわけで、表3には載せられていないような単なる「使用」に際しては、著作権法に従っていちいち著作者の許諾を得なくてもよい、というルールが確認されているわけです。

最後に、第十五~十八段落の内容をまとめておきます。

> **「著作物」に関して…**
> **・「利用」(「表3」に詳述)**
> **→「著作権法」を適用**
> **・「使用」(「表3」にない使い方)**
> **→「著作権法」の適用外**
> **→**
> **この「二分法」がないと、「コントロール過剰」**
> **→社会生活を抑圧**

3 問2の解答解説

それでは、問2から順番に解説していきます。

> **問2** 傍線部A「記録メディアから剥がされた**記号列**」とあるが、それはどういうものか。**【資料Ⅱ】を踏まえて**考えられる**例**として最も適当なものを、次の①~⑤のうちから一つ選べ。

この問2で重要になる見方を、まずは三点指摘しておきます。

第一に、この問題が「【資料Ⅱ】を踏まえて」答える問題だとは言え、**直接の説明対象である傍線部Aは【文章】の中に出てきている**ということです。まずはちゃんとこの「記号列」ということの意味を、本文に基づいて押さえましょう。

第二に、【資料Ⅱ】にある**全ての条文が答えになるわけではない**ということです。どの条文が大事なのかを、**設問に基づいてちゃんと限定しましょう。**

第三に、この問題、**第3講**(問題1)の**問3**と同じく、

「例」を選ぶ問題だということです。「事例」問題のポイントは、本文で**抽象的・一般的**表現で語られていたことが選択肢で**具体的・個別的**な表現に変えられているという、「**表現のズレ**」です。選択肢にある言葉を**文字どおり**に捉えても適切に吟味できませんので、**両者の間を、解答者である皆さんが自分なりに言い換えて媒介する**というひと手間が必要です。

では、手順を追って説明していきます。

【文章】において、この「記号列」というのはどういうものだったか。先ほど第一・二段落を読んだ時点で得た理解によると、確かに「原作品」の本質をなす作者の「思い・考え」は**何らかの「実体」に載っているが**、著作権の保護の対象となるのはその「**実体**」で**はなく、それに載っている「思い・考え」自体だ**、ということでした。

そして、ここで言う「**思い・考え**」が傍線部Aでは「記録メディア（つまり**実体**）から剥がされた**記号列**」と言い表されているわけです。

では、**【資料Ⅱ】でこの「記号列」について語っているのは、どの条文でしょう？**

まず、**著作物の「利用」の仕方**の話をしている「**第三十条の四**」、「**第三十八条**」、「**第四十一条**」、それから、**著作権法の「目的」**について述べた「**第一条**」は、除外できますね。「利用」にしても「目的」にしても、その対象となる「**著作物**」**自体の話**ではありませんから。

そうすると、この問2で見なければいけないのは「**第二条**」、**その中でも特に「一　著作物」の項**だということになります。

> 一　著作物　**思想又は感情**を創作的に**表現**したものであって、**文芸、学術、美術又は音楽**の範囲に属するものをいう。

「思想又は感情」を「文芸、学術、美術又は音楽」として「表現」したもの。この「定義」は、表1の「キーワード」の列に書いてあったことにも対応しています。そして何より、この「思想又は感情」というのは、先ほど確認した「記号列」＝「**思い・考え**」という第一、二段落の内容と合致します。

では続いて、順番に選択肢を見ていきましょう。

① 実演、レコード、放送及び有線放送に関するすべての文化的所産。

【資料Ⅱ】の「**第一条**」にある文言をほぼなぞっている選択肢ですね。もし問いが「**【資料Ⅱ】から言えるものを選べ**」であったなら、大正解でしょう。

でも、ここで問われているのは「**記号列**」**の説明**です。この選択肢は「**すべて**の文化的所産」という広大な範囲で「著作物」一般を説明しているにすぎません。要するに、**何ら「記号列」についての説明はしていないわけです**。

この選択肢を選んだ人は、**設問を頭の中で勝手に書き換えちゃった人**です。**設問に応じていなければ**、材料になっているもののどこかと合致していても正解にはなりませんので、要注意。

② 小説家が執筆した手書きの原稿を活字で印刷した**文芸雑誌**。

ここで答えるべき「記号列」とは、「記録メディア」のほうではなく、そこから剥がされた「思い・考え」のほうです。②の例で**具体化**すると、「雑誌」の「中身」にあたる、**小説家の思想又は感情が表現された文字記号の列**のほうです。

対してこの「文芸雑誌」は、**一般化**して言うと「記録メディア」のほうですから、②は×。

③ 画家が制作した、**消失したり散逸したりしていない美術品**。

これも②とほぼ同じ理由で×ですね。「美術品」は、文字どおり「**(物)品」そのもの**、「記録メディア」のほうですから。

もし「美術品」について「剥がされた記号列」を想定するなら、それは「美術品」という物品に表れ出ている「美」のほうでしょうね。

そしてもう一つ、「消失したり散逸したりしていない」も×です。「消失したり散逸したりしていない」物でなければ「著作物」だと言えないのなら、**その「美**

術品」自体が**「消失したり散逸したりし」た瞬間に、著作権は消滅してしまうことになります**。そうなってしまうと、「記号列（中身）」が同じであれば、**「メディア」が同じではなくても「同一の著作物」として保護される**（「著作物」は「**頑丈**」だ）という説明と矛盾します。

> ④ 作曲家が音楽作品を通じて創作的に表現した思想や感情。

文末の「思想や感情」は【資料Ⅱ】の「第二条」にある「一　著作物」の「**思想又は感情**」に対応しています。そして、この「思想や感情」こそが、「音楽作品」という「メディア」に載っている「中身」、つまり「記号列」に対応することになります。

今のところ④が正解の最有力候補です。

⑤はどうでしょうか。

> ⑤ **著作権法ではコントロールできない**オリジナルな舞踏や歌唱。

今問題になっているのは、「著作権法」の保護の対象となっている「著作物」の定義です。そのコントロール外にあるものなんて、問題にしていませんというわけで、問2の正解は④です。

4 問3の解答解説

> **問3**　【文章】における著作権に関する説明として最も適当なものを、次の①～⑤のうちから一つ選べ。

問3には傍線部がありません。**【文章】全体を範囲として**「著作権」に関する説明を要求する問題です。

第3講・問5のところで言ったように、こういう問題に対しては、あらかじめの「記述」は不可能。本文のどこかと合っているか、あるいは本文のどこかとズレているかを一つひとつ吟味するしかありません。

① 著作権に関わる著作物の操作の一つに「利用」があり、**著作者の了解を得ることなく行うことができる。**

「著作者の了解を得ることなく行うことができる」のは「利用」ではなく「**使用**」のほうでしたね。この時点で①は×です。

② **著作権法がコントロールする著作物は、叙情詩モデル**によって定義づけられるテキストである。したがって、叙情詩、教典、小説、歴史書などがこれにあたり、**新聞記事や理工系論文は除外される。**

「叙情詩」の特徴を強く持っていればいるほど、「著作権法」の「コントロール」対象になりやすく、「新聞記事や理工系論文」の特徴を強く持っていればいるほど、そうした「コントロール」対象から「除外される」傾向が強くなる。

この選択肢は、本文の一貫した主張と完璧に合致しているように見えますね。正解候補として、「保留」にしておきましょう。

③ 多くのテキストは**叙情詩型と理工系論文型**に分類することが可能である。**この「二分法」**の考え方に立つことで、著作権訴訟においては、著作権の侵害の問題について**明確な判断を下すことができている。**

この「二分法」という言葉、【文章】では「表現」と「内容」（第十三段落）、ならびに「利用」と「使用」（第十八段落）について用いられていた言葉です。本文を辿(たど)ればこの二つのうち「**表現**」と「**内容**」のほうが「**叙情詩型**」と「**理工系論文型**」の対立関係に対応していることがわかります。したがって、選択肢の前半に問題はありません。

問題は、「**明確な判断を下すことができている**」のところです。

第七段落をもう一度ご覧ください。

だが、ここには**無方式主義**という原則がある。このために、著作権法は叙情詩モデルを尺度として使えば**排除されてしまうようなものまで、著作物として認めてしまうことになる。**

そう、「**無方式主義**」があるために、叙情詩モデルに従うと排除されてしまうような「**理工系論文モデル**」**の書き物も、**「**著作物として認めてしまう**」わけです。これでは、「二分法」で「**明確な判断を下すことができている**」と言うことはできませんね。

ちょっと紛らわしかったですが、③は×です。

「無方式主義」が出てきたところで、②をもう一度ご覧ください。

> ② **著作権法がコントロールする著作物**は、叙情詩**モデル**によって定義づけられるテキストである。したがって……**新聞記事や理工系論文は除外される。**

「新聞記事や理工系論文」は、「著作権法がコントロールする著作物」から「除外される」。これ、「無方式主義」をふまえて見直したら、見え方が違ってきますね。

「叙情詩モデル」で著作物を定義づけて、「新聞記事や理工系論文」を著作物から除外しようとしても、「**無方式主義**」**がある限りは**「**著作権法**」**の**「**コントロール**」**からは**「**除外**」**されない**んです。

よく見ると、②も×です。一瞬見落とすところでした。

じゃ、先へ行きましょう。

> ④ 著作権について考える際には、「**著作物性**」という考え方が**必要である**。**なぜなら**、遺伝子のDNA配列のように表現の**希少性が低いものも著作権法によって保護できるから**である。

一文目は、何ら問題はありません。

二文目も、今見た「無方式主義」の存在を考えれば、問題ありません。「遺伝子のDNA」のような「理工系論文型」で書かれる事柄に対しても、**「無方式主義」によって「著作権」が働くからです。**

問題なのは、「**なぜなら**」です。

ここで言う「**『著作物性』という考え方**」というのは、「叙情詩モデルに合うものほど著作物性が高く、**理工系論文モデルに合うものほど著作物性は低い**」という考え方です。

本当に、**この「考え方」によって「遺伝子のDNA」のような「理工系論文」型の書き物は「保護でき」ますか？** 答えは、「ノー」。むしろ**事態は逆**で、この「考え方」に従えば従うほど、「理工系論文モデル」の書き物は「著作権法によって保護」されにくくなります。「**なぜなら」が×**ですね。

ちなみに、**この「著作物性」のところが「無方式主義」だったら、**この選択肢の言っていることは本文と合致していますす。「無方式主義」は「叙情詩モデル」から排除された「**理工系論文モデル」の味方**ですから。

このように、**選択肢の各部分をそれ単体で見ていると見えない誤りも、それをつなぐ「因果関係」も含めて見ると明確になる**ことがありますので、覚えておいてください。

最後に、⑤を見てみましょう

> ⑤ 著作物にあたるどのようなテキストも、「**表現」と「内容」を二重**にもつ。著作権法は、**内容を排除して表現を抽出**し、その**表現**がもつ価値の程度によって著作物にあたるかどうかを判断している。

「表現」と「内容」の「二重性（つまり二分法）」に基づく「内容の排除」と「表現の抽出」。そしてその「抽出」された「表現」によって「著作物にあたるかどうかを判断している」という話。

これらは全て第十三段落にあった説明です。つまり、**選択肢の全パーツが本文と合致します。**

でも、そこで忘れてはならないのが、「無方式主義」の話ですね。この「主義」が働いている限り、「内容」中心の「理工系論文型」も、「著作物」から「排除」できないはずでした。そこについての説明がない以上、この⑤もアウトになるのではないでしょうか。

ところが、⑤はそこをクリアしているんです。それを明確にするために、②、③、⑤を一部切り取ってきて見比べてみましょう。

> ②……著作権法がコントロールする著作物は、……
> ③……著作権訴訟においては、著作権の侵害の問題について明確な判断を下すことができている。
> ⑤……著作物にあたるかどうかを判断している。

②と③はいずれも、「**著作権法が働くか働かないか**」という段階での話をしているのに対して、⑤だけは、その手前の段階、すなわち、**そもそも「著作物にあたるかどうか」という段階での話**をしているんです。

本文の流れを整理して、今言ったことをその中に組み込んでみましょう。下の図を見てください。

「無方式主義」の話は、Cの段階になってはじめて意味を持ってくるんです。だから、②や③は「無方式主義」の話を無視できません。

それに対して、A・Bの段階では「無方式主義」の話は関係ありませんから、この段階での話をしている⑤は、「無方式主義」に触れなくていいんです。

> A 「著作物にあたるかどうか」という観点で言えば、
> ・「表現」寄りの「叙情詩」→「○」
> ・「内容」寄りの「理工系論文」→「×」
> （⑤が話しているのはこの段階）
> ↓
> B Aだけでいけば、「理工系論文」には著作権法の保護が働かない。
> ↓
> C しかし、実際に「著作権の保護が及ぶか」という観点で言えば、「無方式主義」があるから、「理工系論文」にも著作権の保護は働く。
> （②・③が話しているのはこの段階）

というわけで、問3の正解は⑤です。

問3は難しかったですね。共通テストで想定できる最高難度の問題だと言っていいと思います。

5 問４の解答解説

では問４にいきましょう。

> **問４** 傍線部Ｂ「表２は、具体的な著作物――テキスト――について、表１を再構成したものである。」とあるが、その説明として最も適当なものを、次の①～⑤のうちから一つ選べ。

表１と表２の関係を説明する問題です。「本文」で理解したことに基づいて両者の関係を簡単に確認しておきますと、次のような感じになります。

下の図を見てください。

A 表１は「著作物」の特徴を示す「キーワード」と、そこから「排除されるもの」とを対比的に並べている。

B 表２は、「著作物」性の高い「叙情詩型」テキストと「著作物」性の低い「理工系論文型」テキストとを対比的に並べている。

C 表１の「キーワード」と表２の「叙情詩型」、表１の「排除されるもの」と表２の「理工系論文型」がそれぞれ対応しているので、表１と表２の構図に本質的な違いはない。

以上をふまえて、選択肢を見ていきましょう。

> ① 「キーワード」と「排除されるもの」とを対比的にまとめて整理する**表１**に対し、**表２**では、「テキストの型」の観点から**表１の「排除されるもの」の定義をより明確にしている。**

前半は問題ないのですが、**表２の説明が×**ですね。

表2では、「叙情詩型」、つまり表1の「キーワード」のほうについても明確にされています。

> ②「キーワード」と「排除されるもの」の**二つの特性を含むものを著作物とする表1**に対し、…

「排除されるもの」のほうまで含めて「著作物とする」なんていう説明、表1のコンセプトから考えて明らかにおかしいですね。×です。

> ③「キーワード」や「排除されるもの」の観点では、著作物の多様な類型を網羅する**表1**に対し、**表2**では、**著作物となる「テキストの型」の詳細を整理**して説明をしている。

①とちょうど正反対の理由で、**表2の説明が×**です。表2では、「排除されるもの」、つまり「理工系論文型」テキストのほうについても「詳細を整理して」います。

> ④叙情詩モデルの特徴と著作物から排除されるものとを整理している**表1**に対し、**表2**では、叙情詩型と理工系論文型の**特性の違い**を比べながら、著作物性の**濃淡**を説明している。

「叙情詩モデルの特徴」と「著作物から排除されるもの」、これらが表1の「キーワード」と「排除されるもの」を指しているのは明らかですね。

そして、この選択肢は「叙情詩型」と「理工系論文型」の**両者とも**を表2に割り当て、それを「著作物性の**濃淡**（**つまり著作物性の高い／低い**）」の違いにつなげています。

Ⓐ～Ⓒを全て満たす選択肢です。正解の最有力候補ですね。

さあ、⑤はどうでしょうか。

> ⑤「排除されるもの」を示して著作物の範囲を定義づける**表1**に対し、**表2**では、**叙情詩型と理工系論文型との類似性**を明らかにして、…

表2では「叙情詩型」と「理工系論文型」は**対照的な関係**にありました。「類似性」なんてとんでもない！

というわけで、正解は④です。

6 問5の解答解説

> **問5** 【文章】の**表現**に関する説明として**適当でないもの**を、次の①～⑤のうちから一つ選べ。

第3講でも出てきた、筆者の主張自体ではなく、その**主張を表現する仕方**を問う問題です。

簡単におさらいしておくと、このタイプの問題では、表現自体の説明よりも、その「効果」についての説明のほうをよく見て、**その「効果」が実際に文章の内容と合致しているか**を考えるのがポイントです。

それともう一つ。「**適当ではない**」**もの**を問われた場合は、「**適当であるもの**」**を正解候補から除外していく**のが得策です。

出題者は、「一見本文と一致していいなさそうで意外と一致している（したがって不正解）」選択肢を作るために、巧妙に本文を言い換えています。

ですから、「本文と合わないものはどれだ！」なんていう心持ちで選択肢を見ていったら、全ての選択肢が「本文と合わない」ように見えてしまいます。

本文に還元できることを確認できた選択肢からどんどん除外していく中で、どうしても本文に還元できない説明を含むものを**絞り込んでいく**というスタンスのほうがよいでしょう。

というわけで、まずは選択肢の全パーツが本文に還元できる選択肢を見ていきます。

まずは、これでしょうね。

> ③ 第4段落第四文「現代の**プラトニズム**、とも言える」、第13段落第二文「フェルディナン・ド・ソシュールの言う『記号表現』と『記号内容』に相当する」という表現では、**哲学や言語学の概念を援用**して**自分の考え**が展開されている。

「プラトニズム」は哲学者プラトンの考え方ですか

ら「哲学の概念」です。また、「注」にあるとおり、ソシュールは「言語学者」ですから、彼の用いている概念は「言語学の概念」だと言っていいでしょう。

あとは、これらの「概念」が「援用（**自分の考えを裏付けたり補強したりするために用いること**）」になっているかどうかです。

第四段落で確認したように、確かに「著作物」の概念は**プラトニズムをベースにしています**。また第十三段落で確認したように、ソシュールの言う「記号表現」「記号内容」と名を変えようが、確かにそれは**筆者の言う「表現」「内容」の二分法と同じもの**です。

③で取り上げられている表現は「自分の考え」のための「援用」だと言っていいでしょう。

したがってこれは説明として適当です。正解ではありません。

> ④　第5段落第二文「叙情詩」や「理工系論文」、第13段落第一文「表現」と「内容」、第15段落第一文「著作権に関係するものと、そうではないもの」という表現では、**それぞれの特質を明らかにするため**の事例が**対比的**に取り上げられている。

「叙情詩」と「理工系論文」、「表現」と「内容」がお互いに「対比」的な関係にあることは、すでに確認済みですね。

ところで、文章の書き手はなぜ「対比」を用いるのか。それは、**物事を反対関係で説明したほうが、読者が理解しやすい**から、この文章の表現で言うなら、「それぞれの特質」が「明らかに」なるからです。

この選択肢も、全体として本文に還元できますから説明として適当。正解ではありません。

残るは①、②、⑤。このあたりから、選択肢の吟味にちょっと手間が要ります。

> ⑤　第16段落第二文「はたら**かない**」、第四文「明らかで**ない**」、第17段落第二文「関知し**ない**」、第四文「関係が**ない**」という**否定表現**は、著作権法の**及ばない領域**を明らかにし、その現実的な**運用の複雑さ**を示唆している。

本文の具体的な語句を四つも指定してきましたね。時間のかかる作業になりますが、こういう場合は**一つひとつ本文に見に戻る**ことをお勧めします。

▼選択肢に足りないものを本文に見に戻る

「表現」を問う問題の選択肢で、本文の特定の語句が取り上げられている場合、大抵その語句の**周辺情報が欠落**しています。

今回は、**何がどう「…ない」のか**が選択肢の表現だけではわからなくなっているので、それを確認するために、本文に戻りましょう。そうすれば、これらの語句が本当に「及ばない領域」、「運用の複雑さ」と関わっているのかがわかります。

第十六段落より

「この使用に対して**著作権法は**はたらかない」

「**何が『利用』で何が『使用』か**。その判断基準は明らかでない」

第十七段落より

「海賊版の出版は著作権に触れるが、**海賊版の読書に著作権は**関知しない」

「…**著作物へのアクセス**という操作がある。これも**著作権とは**関係がない」

第十六段落のほうは、「使用」の話をしています。著作物の「使用」というのは、実際に著作物にアクセスしてそれを何らかの仕方で用いるにもかかわらず、「利用」の場合と異なり**著作権のコントロールが働かない**ケースでしたね。

第十七段落のほうも同じです。実際に「海賊版（つまりコピー）の読書」だって「著作物へのアクセス」だって、実際に著作物を用いているのに、**著作権のコントロールが働いていない**という話です。

四つの「ない」のいずれについても、「著作物を著作者以外の人間が使う場合に、いつでも著作権が働くわけではない」ということを示す「ない」ですね。これを⑤は、「著作権法」が「及ばない領域」、「その（著作権法）の現実的な運用」が「複雑」だと表現しているわけです。

これも全体として本文に還元できますから、正解ではありません。

さて、残るは①と②です。

▼「印象」や「感じ方」は○×判定対象にならない

①と②を吟味する前に、一つアドバイスです。

このタイプの問題の選択肢に含まれる「表現」についての説明には、**ただの「印象」を示すに過ぎない要素**が含まれていたりします。

例えば、評論で言うと、「筆者の主張が**より伝わりやすくなっている**」とか、小説で言うと「**臨場感豊かに描かれている**」とかいった文言が、それにあたります。

でもこれって、**読者が**「伝わりやすい」という**印象**を抱いたかどうか、「その場に居合わせているかのようなリアリティ」が豊かだと**感じた**かどうかでしか判断できないことであって、**本文中に客観的な根拠があって**○×を判定できる案件ではないんです。

強い言い方になりますが、**○×が客観的に決まらない「印象」についての説明は、無視してください**。その説明をどれだけ丁寧に見ていても、その選択肢は○にも×にもなってくれません。裏返せば、その選択肢が○か×かは、**その選択肢の他の説明要素によって決まります**。

そういうことを考えながら、先に②をご覧ください。

> ② 第4段落第一文「もうひと言。」、第10段落第一文「話がくどくなるが続ける。」は、**読者を意識した親しみやすい口語的な表現**になっており、文章内容の**よりいっそうの理解を促す**工夫がなされている。

「親しみやすい」、「口語的な（日常会話で用いられていそうな）」、そして「よりいっそうの理解を促す」。これらを○か×かと考えることはやめておきましょう。それは読み手の抱く「印象」の問題であって、本文中に根拠があるわけではありませんから。

こうして吟味すべき事柄を絞り込んでいくと、最終的に②で問題にすべきは、「**読者を意識した**」という点だけになります。

「もうひと言」と「話がくどくなるが続ける」。この二つの言葉は、自分の考えを喋(しゃべ)ったり話の内容を増やしたりしているのではなく、「**もう一言足しますね**」、「**まだ同じ話を続けますよ**」と、**読者に対して**ことわっているんですよね。

読者に向けたことわりは「読者を意識した」語りです。

この選択肢の中でほぼ唯一の○×判定対象である「読者を意識した」が○なのであれば、選択肢全体としても適当だと言っていいでしょう。

最後に①を見てみましょう。

> ①　第1段落第一文と第3段落第二文で用いられている「——」は、直前の語句である「何らかの実体」や「物理的な実体」を**強調**し、**筆者の主張に注釈を加える**働きをもっている。

本文の特定の箇所を指定してきましたから、本文に戻りましょう。

> 第一段落より
>
> 「著作者は最初の作品を**何らかの実体——記録メディア——**に載せて発表する」
>
> 第三段落より
>
> 「しかし、そのコントロールは著作物という概念を介して**物理的な実体——複製物など——**へと及ぶのである」

「——」に挟まれた「記録メディア」と「複製物など」はそれぞれ、直前にある「何らかの実体」、「物理的な実体」の事例ですね。**事例になっているということは、「注釈（補足の説明）」だとは言えても「強調」だとは言えません。**

ということで、**適当でないものは**①ということになります。

おそらく、皆さんにとってネックになったのは、②だと思います。「表現」を問う問題は、「内容」を問うふつうの問題にはない考え方が必要ですね。

7 問6の解答解説

さあ、最後の問題です。ここでやっと、【資料Ⅰ】の出番ですね。

> 問6 【資料Ⅰ】の空欄 a に当てはまるものを、次の①〜⑥のうちから三つ選べ。ただし、解答の順序は問わない。

空欄 a を含む枠に、「著作権の例外規定（権利者の了解を得ずに著作物を**利用できる**）」という見出しがあります。【文章】の第十五〜十八段落で出てきた、「利用」と「使用」のうちの「利用」のほうですね。

本文では、**著作権法のコントロールの対象となる使い方が「利用」**で、コントロール対象外になる使い方が「使用」でした。

さて、問題なのはその先。「利用」について語っているのがこの四つの段落だっていうのは間違いないいんですが、じゃあこの四つの段落をさまよえば正解が特定できるのかというと、そうはいきません。

なぜなら、a を含む枠でテーマになっているのは、「著作権の**例外**規定（権利者の**了解を得ずに**著作物を利用できる）」だからです。「例外」についての話は、**この四つの段落にはありません**。この四つの段落と連動している表3も、「利用」のあり方を一覧化しているだけで、「例外」の話は含まれていません。

というわけで、今までのどの設問の解答作業でも使っていない**手つかずの材料**の中で、この「例外」について語っているところがどこかにありませんか？

ヒントは、a の直前にある、「〈例〉**市民楽団が市民ホールで行う演奏会**」です。

そう、答えは【資料Ⅱ】ですね。【資料Ⅱ】の、問2の材料としては使われなかった部分に、「**第三十八条（営利を目的としない上演）**」という条文があります。

ここでいう「**上演**」が、a の直前にある〈例〉の「**演奏会**」とマッチしますね。

> 第三十八条　公表された著作物は、**営利を目的とせず、**

かつ、聴衆又は観衆から**料金……を受けない**場合には、公に上演し、演奏し、上映し、又は口述することができる。ただし、当該上演、演奏、上映又は口述について実演家又は口述を行う者に対し**報酬が支払われる場合は、この限りでない。**

一つには、**営利が目的ではない**、もう一つには、**お客さんから料金を取らない**、これらの条件を満たせば「利用」の「**例外**」が認められると。つまり**本来なら著作物の「利用」に対して働くはずのコントロールが働かない**ということですね。

さらにもう一つ。条文の最後にある「**この限りでない**」に注意。これは、「**今言ったことが当てはまらない**」という意味です。

「出演者に報酬を支払った場合には、例外条件が当てはまらないから、著作権に引っかかっちゃうよ」ということ。裏返せば、**演者に報酬を支払わない**なら、それも「例外」に含まれるということです。これが、三つ目ですね。

「第三十八条」からわかる「例外」の条件が**三つ**揃いました。問6の a に入るものも**三つ**。この数字の合致は、もちろん偶然ではありません。

> ② 楽団の**営利を目的としていない**演奏会であること
> ④ **観客**から**一切の料金を徴収しない**こと
> ⑥ 演奏を行う**楽団に報酬が支払われない**こと

それぞれの条件に合う選択肢が、一つずつありますね。正解は②・④・⑥です。

以上、問題3の解説でした。共通テストならではの要素に少し戸惑ったかもしれませんが、初めて体験するものは、誰でもうまくはできないものです。これから徐々に慣れていきましょう。

【問題3 正解】

問1 ア（合致）① イ（適合）②
ウ（両端）⑤ エ（閲覧）④
オ（過剰）①

問2 ④　問3 ⑤　問4 ④　問5 ①

問6 ②―④―⑥（順不同）

【漢字】

ア　①　致命　②　報知　③　稚拙

　　④　緻密　⑤　余地

イ　①　匹敵　②　適度　③　水滴

　　④　警笛　⑤　摘発

ウ　①　丹精　②　担架　③　破綻

　　④　落胆　⑤　端的

エ　①　欄干　②　出藍　③　乱世

　　④　一覧　⑤　累卵

オ　①　剰余　②　冗長　③　醸造

　　④　施錠　⑤　常備

第6講 「文学的文章」Ⅰ・小説

「共通テスト」演習の二つ目は、「**小説**」です。入試で出てくる小説といえば、原則として**一人の作者**が、**主人公**から見えた世界を、人々の**心情の動き**に即して描くドラマのことを指すのがふつうです。しかし、この問題は、この「ふつう」の範囲に収まらない要素をもっているんです。

最初に、オスカー・ワイルドの「幸福な王子」の概要が示されています。そして、光原百合（みつはらゆり）がそれを別の角度から再記述している文章が、それに続きます。要するに、同じ出来事について**異なる角度から描かれた二つの文章**からなる、「**複数文章型**」なんです。

「文章が複数化する」ということは、共通テストの本質的な特徴のひとつです。というわけで、「複数文章型」問題に対してどのように向きあえばいいか、ここでレクチャーしておきたいと思います。

なお、今回の問題は小説ですが、今からお話しすることは、「論理的・実用的文章」や、詩、エッセイ（随筆）などの「文学的文章」にも、つまり、**共通テストで出題されるあらゆる種類の文章**に当てはまる事柄です。

1 「複数文章型」問題へのアプローチ

まず、「複数文章」のイメージからいきましょう。問題を構成する文章を、仮に【文章Ⅰ】、【文章Ⅱ】とします。文章が三つになる場合もあるのですが、説明をシンプルにするために、今回は二つでいきます。

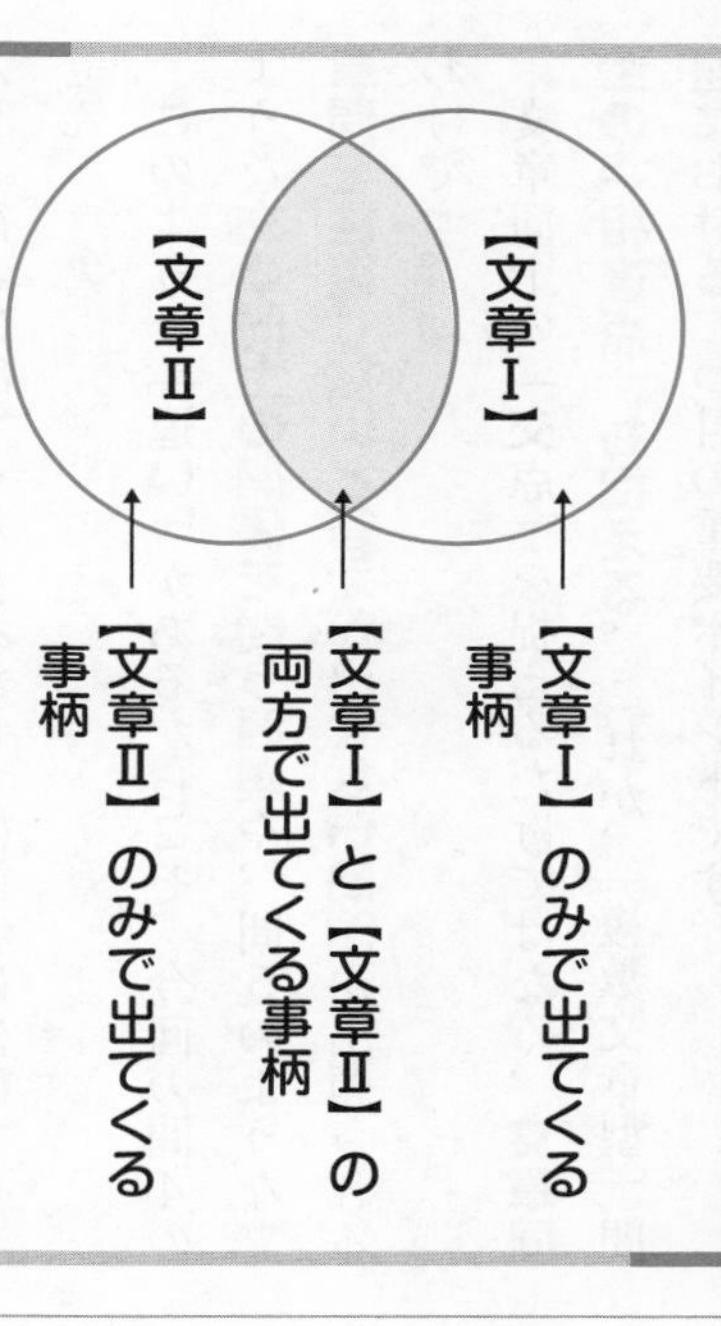

このように「複数文章」のイメージを浮かべると、注意しなければいけないことが見えやすくなります。

▼文章同士の「交点」を探る

まず重要なのは、「複数文章型」問題においては、出題された文章が**必ずお互いに「交点」を持つ**ということです。

もし文章同士がお互いに「交点」を持たないのなら、それぞれの文章を別々の大問で一つずつ出せばいいだけの話です。それなのに、あえて「**一つの大問に**二つ（以上）の文章」という構成で問題を組んでいるのはなぜでしょうか？

それは、含まれている文章の間に何らかの関連性があり、その**関連性を意識しないと解けないような問題**を出したいからです。

そういうわけで、「複数文章型」の問題を解く際には、「**文章がお互いに共有している事柄**は、どのような事柄なのか」をまず意識しましょう。

今回の問題の場合、**二つの文章が「幸福な王子」という童話を共有している**のを見抜くことは、難しくありませんでした。しかし、文章を丁寧に読み進めていかないと「**交点」が判然としない**場合や、そうした「**交点」を見抜くこと自体が課題になっている**ような場合もありえます。

▼文章同士の「相違点」も大切に

それでは、「交点」を意識しさえすればいいのかというと、そうではありません。

前ページの図を見ていただければわかるように、文章が二つ出てきた場合には、当然、その「交点」だけではなく、**【文章Ⅰ】だけにある話**、**【文章Ⅱ】だけにある話**も発生します。そして、そうした**片方の文章にしか含まれない事柄が設問で問われる場合**もあるのです。

実際、今回の問題に出てきた二つの文章は、「幸福な王子」を題材にしているという点で共通していますが、**語り口**が違っていますね。また、語り口だけではなく、**登場人物（キャラクター）**も違っています。前者に出てくる「王子（の像）」は後者には出てきませんし、後者に出てくる「あたし」は前者には出てきません。

このような「**違い**」があるからこそ、今回の問４のような**文章同士の関係を問う問題**や、問５のような**文章間を往復しないと答えが出せない問題**が出題されるわけです。

文章同士の「**交点**」を捉えるだけではなく、**文章同士の「相違点」も捉える**。これが、「複数文章型」問題における二つ目の重要ポイントです。

なお、この二つのポイントは、たとえ文章が三つになった場合でも同じです。

2 小説問題のセオリー

続きまして、今回の問題において「複数文章型」と並んで重要なもう一つの特徴、「**小説**」についてもお話しておきます。

小説を解くコツをお話しするのに先立ってひと言。「評論」と「小説」、どちらも同じ現代文ですから、「文章を読み、そこに書かれていることを答える」という点はもちろん同じなのですが、「答える」ために時間や労力をかけなければいけないポイントが、評論と小説では違ってきます。

▼小説の中心課題は「解答」作業

高校１・２年生の生徒さんたちとお話をしていると、こんな話をよく聞きます。

「先生、評論で点がとれません。本文が何を言っているのかわからないから……。」

そして必ずこう付け加えます。「でも、小説はまあまあできます。本文が簡単だから……。」

皆さんにハッキリ言っておきます。「**本文が簡単だから小説はできる**」という認識は**間違い**です。

その証拠に、受験本番が近づき、解く問題が本格的なものになってくると、皆さんは手のひらを返したように「小説が難しい」って大騒ぎするんです。

確かに小説は、**読むのは簡単**な場合が多いです。ではなぜ、「読める」のに、「解けない」のか。この矛盾を説明するために考えなければいけないことは、一つしかありません。

ズバリ、**読めているのに、その読めたものを正しく設問（選択肢）で使えていないから**なんです。

つまり、小説の中心課題は、本文を読み取ることよりも、その読めた本文の情報を選択肢に適切に持っていって、**選択肢を正しく吟味すること**なんです。

小説問題のセオリー

本文 ＜ 設問（選択肢吟味）

▼「本文」と「選択肢」の表現の「ズレ」

ところで、小説はなぜ読みやすいのでしょうか。それは、**具体的な人間描写**だからです。僕たち読み手と同じ人間（あるいは何かが擬人化されたもの）についての、**目に見える具体的な言動**だから、**自分の身体に置き換えて読むことができる**んです。感情移入だって、場面の想像だって、いくらでもできます。

では、それが「解答」、厳密には「選択肢吟味」の段階で、なぜやっかいな事態を生むのでしょうか。

それは、**選択肢の特徴**を考えてみると明らかになります。

選択肢で示されているのは、具体的な言動そのものではなく、その言動の**意味**にあたる、**登場人物たちの人格・心情**です。

ところで、皆さんは人格や心情を直接目で見たことはありますか？　例えば、「優しさ」を見たことはありますか？

もし皆さんが「見たことがある」と言うのなら、それは、**「優しさとはこういうものだ」と言える「言動」**を誰かがしているところを見たのであって、「優しさ」そのものを目にしたのではありません。

つまり、選択肢に書かれている心情や人格というのは、**直接的には目に見えない、抽象的なもの**なんです。だけど、そうした心情や人格の説明が適当であるかどうかを判断するために本文を見ると、そこにあるのは**目に見える具体的な「言動」**なんです。

「本文にある解答材料」と「選択肢にある解答対象」との間に、**表現上のズレが発生している**のが、わかりますね。

小説の作者は、登場人物のあり様を克明に描写します。例えば、「X氏は怒った」で済むところを、「X氏のこめかみはピクピクと脈打ち、その唇は青ざめプルプルと震え……」という具合に、**何十字もかけて「怒り」を描写する。**だから読者には、リアルに「X氏の怒り」が伝わるわけです。

ところが、選択肢はその何十字の表現を、**「X氏は怒った」**というたった六文字に変換してしまうんです。

その結果、「こめかみ」も「唇」も表現としては消滅してしまいます。本文にあったのと同じ「怒り」を選択肢も言っているのに、**表現が違うから、同じものには見えなくなる**わけです。

小説問題のセオリー

本文――言動（具体・可視）

＞　表現上のズレ！

設問――人格・心情（抽象・不可視）

（選択肢吟味）

▼常識やイメージで言えそうな選択肢を排除

皆さんはおそらく、**「小説では、解答に常識や自分のイメージを入れてはいけません」**と教わったことがあると思います。

ところが僕たちは、それを意識していても、油断するとすぐ「本文にあった事柄」に「自分の常識やイメージで言える事柄」を混ぜ込んでしまいます。

その理由も、今話した「**本文と選択肢の間にある表現上のズレ**」というところに求めることができます。

両者の間には「**表現上のスキマ**」が空いている。そして、そのスキマをちゃんと意識して埋めようとしなければ、どれだけ「常識や自分のイメージは入れちゃダメだ！」って頑張っても、その「スキマ」を縫(ぬ)って、自分の常識やイメージが混入してしまうんです。

その結果、「**本文から言えそうなだけで実際には本文にはない選択肢**」を、正解候補として残さざるを得なくなってしまうんです。

▼本文と選択肢を「自分の言葉」で媒介(ばいかい)

そうすると、小説におけるまずもっての課題は、**本文と選択肢の間にある「スキマ」を密閉して、本文と選択肢を媒介すること**です。

では、両者を媒介する言葉は、どこから採ってこればいいでしょうか？

これは、「本文の言葉」でもなく「選択肢の言葉」でもなく、「**自分の言葉**」でやるしかありません。小説の基本は、最終的には「**言い換え**」**意識**だということになります。

本文から言える心情や人格の説明を選択肢に求める際には、**本文の言動を抽象化**していく。

その一方で、選択肢の説明に対応している言動説明を本文に求める際には、**選択肢の心情や人格の描写を具体化**していく。

選択肢を吟味するときは、常にこの「**媒介**」という作業を行う必要があるのです。

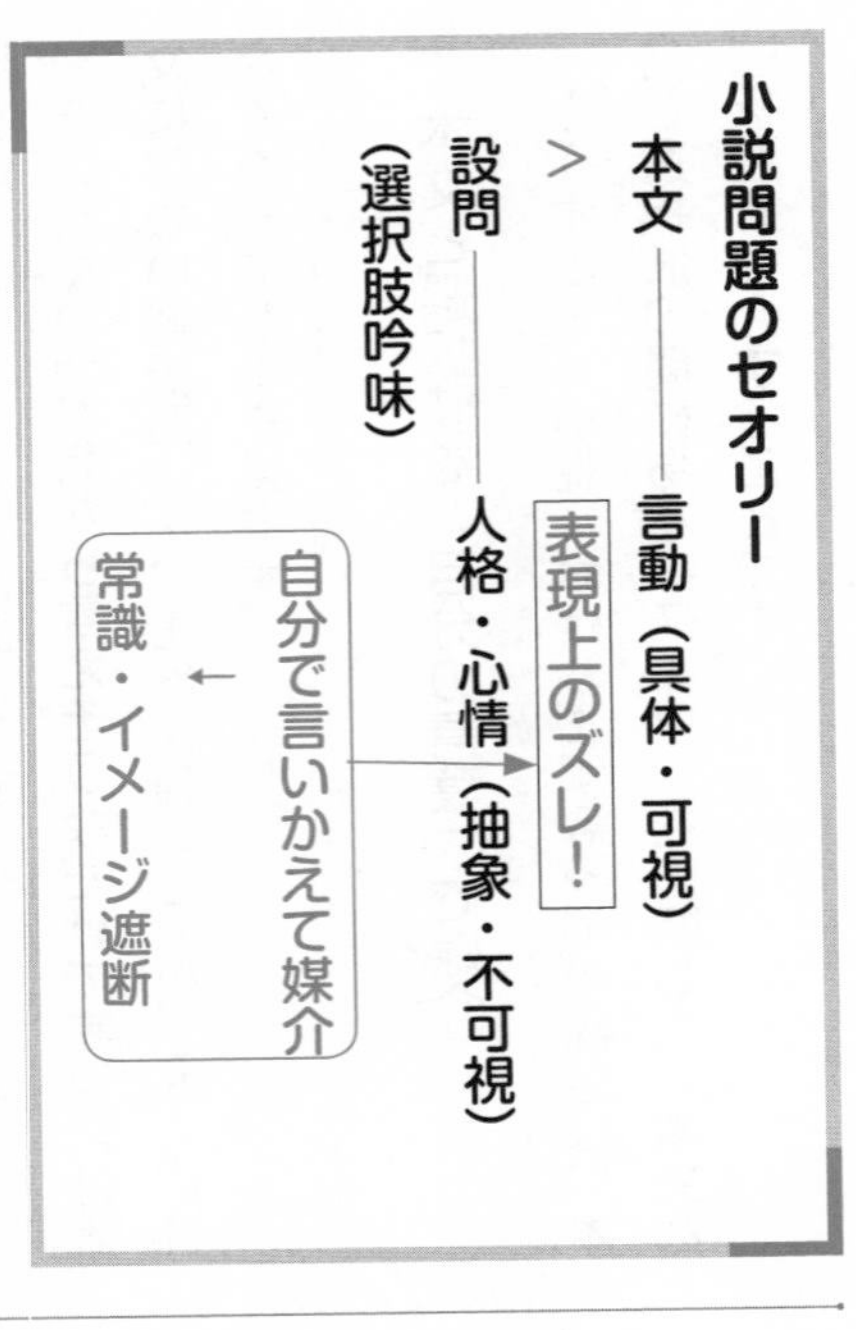

以上、小説の一般的なセオリーでした。

3 問2の解答解説

では、**問題４**の解説に入ります。

なお、この講に関しては解答に先立っての**本文の解説は省きます**。理由は、今述べてきたセオリーからおわかりいただけるとおり、皆さんが自分で問題を解いた段階で本文はちゃんと読み取れていると推察できますので（少なくとも設問に答えるのに必要な程度には）。

では、問2からいきましょう。

> **問2**　傍線部Ａ「遅れてその町にやってきた若者は、なんとも風変わりだった。」にある**「若者」の「風変わり」な点について説明する場合**、本文中の波線を引いた四つの文のうち、どの文を根拠にするべきか。

問2は至ってシンプルな問題ですね。「遅れてやってきた若者」のツバメ、彼が**「風変わり」**であるポイントが一番強く出ているものを選べばいい。

「風変わり」というのは、**「ふつうではない」**という意味ですから、この「若者」ツバメについて、**ふつうのツバメとのズレがうかがえる説明が○**、**ふつうのツバメに馴染（なじ）んでいることがうかがえる説明は×ですね**。

> ①　つやのある黒い羽に敏捷な身のこなし、実に見た目のいい若者だった…

「見た目」だけで「風変わり」だと言えるかどうかは、ちょっと判断しきれません。ここまではスルー。

> …見た目のいい若者だったから……あたしたちの群れに、**問題なく受け入れられた**。

他のツバメたちに「問題なく受け入れられた」のなら、何ら「風変わり」ではないですね。ここで①を×だと判断できます。

同じ論理で、④もアウトです。

> ④ …**嫌われるほどのことではない**し……彼はあたしたちとそのまま**一緒に過ごしていた**。

さほど嫌われることなく一緒に過ごせるんだったら、何ら「風変わり」じゃないですね。残るは②と③。

> ② あたしの友だちの中にも**彼に興味を示す**ものは何羽もいた。

興味を示されるということは、他の人にはない特性を持っている可能性がありますね。①、④に比べれば、「風変わり」感は出ています。では、これが正解でしょうか？

重要なのは、他のツバメたちが**彼の何に「興味」を持ったか**です。

波線部になっている文同士のつながりから考えて、この「興味」というのは、①で出てきた、「黒い羽」を持ち「敏捷」で「見た目のいい若者だった」ことに対する「興味」です。

ということは、この「興味」は、「風変わり」であることを示すものだというよりも、「あの若者ツバメさんステキ！」みたいな「魅力」を示すものにすぎませんね。

①とつなげて考えれば、②もアウトです。

③を見てみましょう。

> ③ でも、彼がいつも**夢のようなことばかり語る**ものだから――今まで見てきた北の土地について、これから飛んでいく南の国について、**遠くを見る**

ようなまなざしで語るばかりだったから…

このツバメは「遠くを見るようなまなざし」で、「夢のようなこと」を語っている、つまり、**非現実的なことばかり語っている。**

つまり、「彼」は**ふつうのツバメだったら見なければいけない「現実」から距離を取ってしまっているわけ**です。「ふつう」からかなり逸脱していますね。

というわけで、問2の正解は③です。

4 問3の解答解説

問3にいきましょう。

> **問3**　傍線部B「わからないさ」及び傍線部C「わからない」について、「彼」と「あたし」はそれぞれどのような**思い**を抱いていたか。

「彼」と「あたし」の「**思い**」を答える問題。いよいよ本格的な「小説」の問題です。

この問3の答えに対するアプローチは、二つあります。

第一に、「わからない」っていう言葉自体は、問われている「思い」を直接に示す表現ではありません。

「思い」というのはふつう、「嬉しい」とか「悲しい」とかいった形容詞で示したり、「満足」「不満」とかいった名詞で示したり、「○○感」というふうに「感」などをつけて示したりするものです。

それに対して「わからない」というのは、単に「理解をしていない」という**状態**を示す言葉にすぎません。

でも、設問が言うとおり、彼らの「わからない」は「思い」なわけですから、「彼」と「あたし」が置かれている状況をよく分析して、**「わからない」という表現を、直接的な「心情表現」に戻しましょう。**

第二に、彼らの「思い」がどのようなものなのかをハッキリさせるために、それぞれの「わからない」という「思い」が**何を原因としているのか**を見ていきましょう。

まずは、**【I群】**の「彼」のほうからいきましょうか。

「彼」の「わからないさ」は、次のセリフの中に出てきます。

> 「**君**なんかには、**僕ら**のやっていることの尊さは
> わからないさ」(B)

まず注目したいのは、このセリフに、「**君」と「僕ら」を区別しようとする気持ち**が明確に表れているということですね。わかっている「僕ら」とわからない「君」、この二者の間に明確に境界線を引いているんです。

さらに、「君」には「**なんか**」がついています。これは、**相手から距離を置いて突き放す**言葉です。「アイツの言うことと**なんか**信じるな」というときの「なんか」ですね。

もう一つ言うと、このセリフの前で、「彼」は「あたし」を「**馬鹿にしたような目で**」見ています。

ということは、「彼」は単に「僕ら」と「君」とを区別するだけではなく、何らかの点で「良い」と言える「僕ら」と、何らかの点で「良くない」と言える「君」とを、**価値的に区別**しているようです。

そうすると問題になるのが、ここで言う「**良い**」と か「**良くない**」っていうのが、一体何なのかですね。

手がかりは、「彼」のセリフの中にあります。

> 僕らのやっていることの**尊さ**はわからないさ

そう、「僕ら」は**尊いんです**。そして、それを共有していない「あたし」は、**尊くないんです**。

だから「彼」は、尊い「僕ら」と尊くない「あたし」とを価値的に区別し、価値の低い「あたし」を突き放している。そういう構図ができてきました。

> **「彼」の「わからない」**
>
> 1.「尊い僕ら」から「尊くない君」を区別し、突き放そうとする「思い」

さて、**次にすべきことは、何でしょう?**

「思い」は特定しましたから、次に課題となるのは、「**尊さ」の中身**ですね。「彼」は**どのようなことをふま**

えて「尊い」「尊くない」を区別したのでしょうか？「僕ら」「君（あたし）」の順に、それを特定していきましょう。

ここで重要なのは、「**僕の尊さ**」じゃなくて「**僕ら**の尊さ」となっていることです。つまり、ここで「尊い」と「彼」がみなしているのは、「**彼」自身と、「彼」が奉仕している「王子」**の二人だということです。

本文で、この二人の「尊さ」を示す情報は、どこにあるでしょうか？

四十七行目からの「彼」の長いセリフです。「彼」が言うには、動けない「王子」の代わりに、「王子」が身にまとっている宝石や金箔を、町の貧しい人たちに持っていくのが、「彼」が自らに任じている使命なんですね。

自らが身にまとっている宝石や金箔を施す「王子」に、それを手助けする「彼」。これは確かに「尊い」。

次に、「君（あたし）」のほうはどうでしょうか？

今の長いセリフに続く、五十三行目からのくだり。

右のような**自負を示す**「**彼**」に、彼女がガンガン挑みかけていきます。

「**どうしてあなたが**、それをするの？」、「だけど、**どうしてあなたが**、その『誰か』なの？」、「**なぜあなたがしなければならないの？**」。「彼」が今語って聞かせた「自負」に、どんどん土足で踏み込んでいくんですね。

そしてその締めに、「ここにいたのでは、**長く生きられないわよ（この北の町を離れて南に移らないと、死ぬわよ）**」と迫ります。

明らかに、「生きる」ということを優先して、「**彼**」の「**自負」を否定する姿勢**です。

「彼」からすれば、このような態度は、必然的に「**君（あたし）」が「尊くない」と思う原因**になりますね。自分たちの「尊さ」を否定しているわけですから。

「僕ら」が「尊い」と思う「僕ら」の行為。そして、それを否定する「君（あたし）」。このズレを受けて、「君なんかにはわからないさ」と相手を突き放す「思い」になったんですね。

さあ、ここまで答えのベースを作れば十分でしょう。

「彼」の「わからない」

1.「尊い僕ら」から「尊くない君」を区別し、突き放そうとする「思い」

2.「僕ら」（=「彼」と「王子」）は、身を削っての施しとその手助けという点で「尊い」。

3.「君（あたし）」は、それを否定して自分が生き延びることだけを考えているので「尊くない」。

この三点をより過不足なく言っている選択肢を選びましょう。

まずは、①から。

① 南の土地に渡って子孫を残すという**ツバメとしての生き方に固執し**…

「**固執**（こしつ）」っていうのは、「物事にこだわり、それにとらわれてしまうこと」という意味です。さて、「君（あたし）」にこのような「固執」はありますか？

改めて、本文の五十五行目から。

「**ここ**にいたのでは、長く**生きられない**わよ」

ここ（これから寒くなる北の地）にいないで、南のほうに行きましょうと。じゃないと死ぬわよと。そんなこと、「彼」は彼女に言われなくてもわかっています。

それならば、すでに死を覚悟して北の地にとどまって「王子」の手助けをすることに決めた「彼」からすれば、この一言は生きることへの「固執」以外の何ものでもありません。ここまではクリア。

…生活の苦しさから救われようと「王子」の像にすがる**町の人々の悲痛な思い**を理解しない「あたし」…

彼の「わからないさ」を含むセリフを、もう一度よく見てください。

「君なんかには、**僕らのやっていることの尊さは**わか

> らないさ」

ここで「彼」が「君なんかには……わからないさ」と言っているのは、「**僕らのやっていることの尊さ**」についてです。

それがこの選択肢では、いつの間にか「**町の人々の悲痛な思い**」**にすり替わっていますね**。

「町の人々」の様子についての理解／無理解なんていう話は、今までに確認してきた正解の条件と何の関係もありません。①はここでアウトです。

②はどうでしょう。

> ② 町の貧しい人たちを**救おう**とする「**王子**」と、命をなげうってそれを**手伝う自分**を…

先ほど確認したとおり、ここで「尊い」とされているのは、「僕」ではなくて「**僕ら**」です。そしてその「僕ら」二人が身を削って人々に施しを与えている行為が、「**彼**」**にとっては**「**尊い**」わけです。今のところ、条件クリアです。

> …を理解するどころか、その行動を**自己陶酔だと厳しく批判する**「**あたし**」…

自分と「王子」の「尊さ」を自負する長いセリフを聞いた後、「あたし」は「彼」に疑問を突き付けまくりました。「どうしてあなたなの？」と、「**彼**」**の振る舞いを否定しているわけ**ですね。それをこの選択肢では、「**厳しく批判**」と表現しているわけです。この言い換えは妥当ですね。

では、その前にある「**自己陶酔**」はどうでしょうか？

「そんな言葉は本文にはない」と判断し、この時点で②を切った人もいるかもしれませんね。でも、この「自己陶酔」、**表現としては**本文にないだけで、**内容としては**本文にあるかもしれません。**自分なりに**「**自己陶酔**」**を言い換えて**、確かめてみましょう。

「自己陶酔」とは、**自分のあり方を高く見積もり、それに酔っている状態**です。「**ナルシシズム**」ともいいます。

「なんであなたじゃなければいけないの？」という

「あたし」の厳しい問いかけの中に、「自己陶酔してるんじゃないよ」っていうメッセージが含まれているかどうか。

　彼女の発言を、角度を変えて見てみましょう。

「なんであなたじゃなければいけないの?」というのは、「**あなたである必要はないんじゃないの?**」を前提としていますね。「あなた」はツバメであり、このまま「王子」の施しの手伝いをやり続けていたら、確実に死ぬ。いっそ**その役目は担うのは「あなた」じゃないほうがいいんじゃないのか?**

　しかも「彼」は、その「あなたじゃなくてもいいこと」を自分では「尊い」と思ってやっている。これはまさしく「自己陶酔」ですよね。

　というわけで、この「自己陶酔」もクリア。

> …これ以上踏み込まれたくないと**嫌気**がさしている。

　この「嫌気」はそのまま、「君にはわからないさ」という「**突き放し**」**の表明**ですね。

　はい。先ほどの1~3と矛盾なく対応しています。

おそらくはこれが正解でしょうが、③はどうでしょう。

> ③　**群れの足並みを乱させまいとどう喝する**「あたし」が…

「どう喝」というのは、「脅(おど)すこと」。確かに彼女の執拗なまでの問い詰めは、「脅し」に近いかもしれませんね。

　では、それはツバメ集団全体の「**足並みを乱れさせまい**」という意識からだと言えるかどうか。

　この時点で、③はちょっと苦しいですね。確かに彼女は「このままここにいたら生きられないわよ」と明言していますが、ここに「**集団行動を大事にする意識」なんていうことまで読み込むのは、行き過ぎ**です。

> …暴力的な振る舞いに頼るばかりで、「**王子**」**の行い**をどれほど熱心に説明しても理解しようとする態度を見せない…

四十三~四十五行目にあるように、「あたし」は彼の足を踏んで動けないようにしてから尋問（?）を始めていますから、「暴力的な振る舞い」はクリアです（「に頼るばかり」とまで言えるかは微妙ですが）。

問題なのは、彼が熱心に説明したものを、「**『王子』の行い**」と表現していいかどうかです。

②でも確認したとおり、「彼」が「尊い」と思っているのは、「**僕らの**」行いです。「王子」の行為だけを讃えているわけではありません。

これで、③は誤り、正解は②に確定です。

以上、たった三つの選択肢から一つの正解を選ぶだけの問題ですが、正解を見抜くためには、これだけのことを頭の中で喋らなければいけないんです。

例えば、僕は「彼」の「君なんかには……わからないさ」というセリフを、「突き放す」という言葉にしました。これは、「**本文**」**の事柄を**「**選択肢**」**に持っていくため**の言い換えです。

それから、「固執」や「自己陶酔」という言葉を、辞書的な意味にまで戻って考えました。これは、「**選択肢**」**の表現を**「**本文**」**に持っていくため**の言い換えです。

小説における選択肢吟味の基本作業は、こういう「**媒介**」の作業の連続です。

では、続いて【Ⅱ群】、「あたし」の「わからない」のほうにいきましょう。傍線部Cの周辺を分析します。

> まあいい。**どうせ**あたしにはわからない（C）、**どうでもいい**ことだ。

「**どうせ**わからない」、「**どうでもいい**」というのは、状況に対する「**悲観的**」な態度、「**諦め**（あきら）」の態度を示す言葉ですね。まずはこれが、彼女の「わからない」という「思い」の取っ掛かりです。

> **「あたし」の「わからない」**
>
> ← 1. 悲観・諦め

次に問題になるのは、**「あたし」は何を悲観しているのか、何を諦めているのか**です。それについても、今見た傍線部Cの直前にヒントがあります。

すなわち、**「まあいい」**です。これは、**気になっていたことについて考えるのを諦めるとき**に使う言葉ですね。「ああしようか、こうしようか。……まあいい、迷うのはヤメだ!」のように。

実際、「あたし」はこの直前である思考にハマっています。六十八～七十行目。

> **彼はなぜ**、あの町に残ったのだろうか。貧しい人たちを救うため、自分ではそう思っていただろう。あたしなどにはそんな志はわからないのだと。でも**本当のところ**は、**大好きな王子の喜ぶ顔を見たかっただけではないか**。

そう、ここで彼女が断ち切ったのは、まずは**「彼」に対する疑問**ですね。

この「わからない」という「思い」に至る前に、彼女は「彼」を説得することを試みていました。「このままここにいたら、**あなた死んじゃうわよ**」と。「南に行って、相手を見出して子孫を残して、また北に戻って、というふうに**ふつうのツバメとしての生き方を何でやらないんだ?**」と。

彼女の疑問は、その先にいる「王子」にも及んでいます。

> そうして**王子はなぜ**、彼に使いを頼んだのだろう。貧しい人たちを救うため、自分ではそう思っていただろう。でも……。

つまり彼女は、**「王子」と「彼」の不可解な行動について、疑問にとらわれていた**わけです。

ということは、ここで「諦めた」というのも、この疑問にこだわることについてだと考えるのが妥当です。

> **「あたし」の「わからない」**
>
> 1. 悲観・諦め
>
> ↑
>
> 2. 「王子」と「彼」の行動が不可解だった

これで、傍線部Cの内容も大体特定できたと言っていいでしょう。こちらのほうは、傍線部Bの「彼」の「わからない」に比べて、そんなに入り組んだものではありませんでしたね。

では、【Ⅱ群】の選択肢①～③を見ていきましょう。

まずは、①から。

> ①「王子」の像を金や宝石によって飾り、祭り上げる**人間の態度は**……「あたし」にとっては理解できないものであり…

もうこの瞬間にアウトですね。「あたし」に「わからない」のは、**「彼」と「王子」の生き方**です。「『王子』の像を……祭り上げる人々」に対しての思いは、「あたし」の「わからない」には含まれていません。

②にいきましょう。

> ②無謀な行動に突き進んでいこうとする「彼」を救い出す言葉を持たず…

ここまでは、「あたし」の「わからない」に関わる説明としては、妥当だと思います。南に移らないと死んでしまうのに、北の町にとどまって王子に尽くそうとする「彼」は、確かに「無謀」そのものですし、「あたし」が「彼」を「救い出す」ためにどれだけ説得しようとしても、結局は「君なんかにはわからないさ」という一言に終わりました。

続きです。

> …暴力的な振る舞いでかえって**「彼」を突き放してしまった**ことを悔い…

「あたし」の「暴力的な振る舞い」というのは、本文にあります。四十三～四十五行目にある、「彼」の足を踏んづけて詰め寄るところです。

問題なのは、その後です。

「あたし」と「彼」とのここでのやり取りにおいて、先に相手を「突き放した」のって、どっちでしたっけ？

「彼」のほうから先に、「君なんかには……わからないさ」と対話を打ち切り、飛び立っていったんですよね。

そこをこの選択肢は、あたかも「**あたし**」**が**「**彼**」**を**「突き放した」かのように説明しています。ついでに言うと、「あたし」がそれを「悔い」たり「後悔」したりすることもありえません。②はここで×ですね。

①も②も切れました。ということは、これで③が正解になるはずなのですが、どうでしょう？

> ③ 貧しい人たちを救うためというより、「王子」に尽くすためだけに「彼」は行動しているに過ぎないと思っているが…

これは、先ほど見た本文の六十八～七十行目の彼女の疑問に対応していますね。

> でも本当のところは、**大好きな王子の喜ぶ顔を見たかっただけ**ではないか。

そのままいきます。

> 「彼」**自身の拒絶**によってふたりの関係に介入することもできず…

「『彼』自身の拒絶」。これは傍線部Bの「君なんかには……わからないさ」のことでしょうね。ここも、クリア。

そして最後に、

> **割り切れない思い**を抱えている。

「割り切れない」、小説の選択肢でよく見る言葉です。「**思いがひとつに定まらず、イライラモヤモヤする**」という意味です。さて、ここでの彼女は、交錯する複数の「思い」を持て余していたと言えるでしょうか？

彼女は、「彼」と「王子」の行動に疑問を持っていました。そして、**その疑問を持ったまま**、**それを解決できないままに**、**それを考えることを諦めてしまった**わけです。

彼女のこの心理的状況は、明らかに「割り切れない」

と言うにふさわしいですね。
というわけで、**【Ⅱ群】**の正解は③です。

5 問4の解答解説

次は問4です。

> **問4** この小説は、オスカー・ワイルド「幸福な王子」のあらすじの記載から始まっている。この箇所（X）とその後の文章（Y）との関係はどのようなものか。

共通テストの真骨頂とも呼ぶべき、**文章比較**の問題です。冒頭の「幸福な王子」のあらすじは、このためにあったんですね。

光原百合さんの作品は、オスカー・ワイルドの「幸福な王子」をベースにしたものです。ただし、**原作を別の角度から再構成**しています。

この問4は、原作のあらすじと光原百合さんの作品を比較し、**再構成によって原作にどのような膨らみが与えられたか**を答える問題になっているわけです。

▼「全体」を問う問題の特徴

このように、問4の最大の特徴は「文章比較」を要求しているということなのですが、もう一つの特徴として、**「文章全体の特徴**の説明」を要求しているということが挙げられます。

重要なのは、「全体」を問う問題では、**選択肢が、本文を極度に抽象化している**ということです。

光原さんの文章は二四〇〇字、それを問4の選択肢では、七〇～八〇字に凝縮して説明しています。これほどの凝縮をすると、本文にある多くの字数を割いての具体的な場面描写は、選択肢で極端なまでに漠然としたものになりますから、**選択肢の「表現」をそのまま本文に探し求めても、「本文に対応している／していない」が判然としない**わけです。

したがってこの問4では、問2、問3以上に「**言い換え意識**」が要求されることになります。「この選択肢のこの表現は、**本文のどのあたりの話に対応してい**

るんだろう?」という意識で、選択肢を見ていきましょう。

では、選択肢を徹底的に分析し、○×判定をしていきます。まずは、①から。

① Xでは、**神の視点**から「一羽のツバメ」と「王子」の**自己犠牲的な行為**が語られ…

X(「幸福な王子」のあらすじの部分)において、「王子」は自分が身にまとっている宝石や金箔を貧しい人々に施(ほどこ)そうとし、「彼」はその手伝いをしました。これが、「自己犠牲」に対応しています。

そして、「天使」を町に送りこむ「神」が出てきますから、一応「神の視点」もクリアです。

最後には**救済が与えられる**ことで普遍的な**博愛の物語**になっている。

「**救済**」、「**博愛**」なんて言葉は、Xのどこを探してもありません。こういうところが、本文を「**抽象化**」しているところなんです。

本文に照らし合わせて、それぞれ「**復元**」を試みてみましょう。

「救済」とは、文字どおり「救う」こと。寒さで死んでしまった「彼」と、心臓だけになってゴミ捨て場行きとなった「王子」。二人はひどい扱いを受けますが、王子の心臓とツバメの死骸(しがい)は、神様に命じられた天使が天国に持ち帰ってきて、**神様のもとで「尊いもの」という意味合いを与えられます**。これが「**救済**」。

「博愛の物語」も、ちょっと微妙ですが、言えなくもありません。町の貧しい人たちのために身を捧げた「彼」と「王子」、それを天国に召して「救済」した「神」、誰かが誰かを愛する話で構成されているXは、「博愛の物語」だと言えなくはありません。

続けましょう。

ツバメたちの視点から語り直すYは、Xに見られる**神の存在を否定した**上で…

このあたりから、様子がおかしくなってきます。

「王子」と「彼」を「神」から見えたものとして語っているXを、「あたし」から見えるものをベースにして描き直したものがY。ここまでは言えます。

だからといって、それが果たして「神の存在を**否定している**」とまで言い切っていいものかどうか……。

この段階で、①はかなりグレーです。

> 「彼」と「王子」の**すれ違い**を強調し、**それによってもたらされた**悲劇へと読み替えている。

本文に「すれ違い」に当てはまるものがあるとすれば、Yの最後に出てくる「あたし」の想像のことでしょうね。

「彼」に関しては六十九~七十行目です。

> でも本当のところは、大好きな王子の喜ぶ顔を見たかっただけではないか。

「王子」に関しては七十七~七十八行目ですね。

> あなたはただ、自分がまとっていた重いものを、捨てたかっただけではありませんか。そして、命を捨てても自分の傍にいたいと思う者がただひとり、いてくれればいいと思ったのではありませんか――

二人はともに、「貧しい人々を救おうとしている」という点で一致しているように見えました。

でも、「彼」は「王子」を見ていただけだし、「王子」は「彼」で、重いものを捨てて、自分を思ってくれる者が傍らにほしかっただけだった。

これは、「すれ違い」と言えばすれ違いです。

問題は、その先の「**それによってもたらされた**」です。「もたらす」とは「**因果関係**」を示す言葉です。

「**AがBをもたらす**」**といった場合、Aが**「**原因**」、**Bが**「**結果**」です。

つまり、この選択肢①は、「**すれ違い**」**があったから**「**悲劇**」**が生まれた**と説明しているわけです。

確かに「彼」が凍え死んでしまったこと、そして「王子」の心臓がゴミ捨て場行きになったことは「悲劇」そのものでしょうが、この「悲劇」は、今見たような「**すれ違い**」**が原因だとは決して言えません**。

というわけで、「それによって」で、①はアウトです。

続けて②。

> ② Xの「王子」と「一羽のツバメ」の自己犠牲は、**人々からは認められなかった**ものの…

①でも見たとおり、「自己犠牲」はクリア。そして、彼らは人々への献身ぶりにも関わらず、その救った人々の手でゴミ捨て場行きになったわけですから、「人々からは認められなかった」もクリア。

> 最終的には、神によってその崇高さを保証される。

「崇高さ」は、Xの「尊いもの」に対応しています。それが「神によって……保証される」というのは、先ほど①で見た「救済」と同じです。

Xの説明は完璧です。

> Yでも、献身的な「王子」に「彼」が命を捨てて仕えただろうことが暗示されるが…

「献身」っていうのは、**自分を犠牲にしてでも人のために尽くすこと**です。身を削って人々を救おうとした「王子」は、間違いなく「献身的」です。その「王子」の手伝いをして死んでいった「彼」についても、「命を捨てて仕えた」と言っていいですね。

「暗示される」という表現をスルーしてしまった人が多いと思いますが、これもちゃんとチェックしましょうね。小説では、とにかく選択肢を丁寧に見ること。

「あたし」は、「彼」が北の町で死を迎えるところを**直接目撃する前に**みんなと一緒に南へと向かってしまいましたから、**Yの文章の範囲内で言えば**、「彼」の死は**推測でしかありません**。この推測でしかないところを、この選択肢は「(命を捨てて)だろう」「暗示」と表現しているんです。ここも問題ありません。

> その**理由**はいずれも、「あたし」によって、**個人的な願望に基づくもの**へと読み替えられている。

「個人的な願望」という表現をそのまま本文に持っ

ていっても、この選択肢は○にも×にもなりません。

まず「個人的」という**言葉の意味を自分で考え**、それから、それに当てはまるものが、本文において「あたし」の考えとして述べられているかどうか見ましょう。

「個人的」っていうのは、「当の本人だけによる」こと。もう少し広げて言えば、「他人が関与していない」っていうことです。

「あたし」が考える「彼」と「王子」の行動は、こうした意味での「個人的な願望」と言えるでしょうか？

そう。言えるんです。①で確認したように、**個人的な好意**で王子に寄り添っていた「彼」も、重たいものを捨てたい、傍に誰かにいてほしいという**個人的願い**で「彼」に甘えていた「王子」も、「あたし」に言わせれば「**自分本位**」**な動機で動いていた**んです。

というわけで、②は一文全体としてX、Yの関係を正しく説明できています一つ目の正解は②です。

正解はもう一つ。次いきましょう。

③ Yでは、「あたし」という**感情的な女性**のツバメの視点を通して、**理性的な**「彼」を批判し…

「あたし」が「感情的」だというのは、問題ありません。人の足を踏んづけて動けないようにし、疑問文をくり返し投げつけ、「生きられないわよ」とスゴむ姿は、「感情的」です。

問題なのは、「**彼**」**が**「**理性的**」**かどうか**です。

「彼」は「彼」で、ムキになって「王子」に身を捧げていると言えなくもありません。そもそも、それを否定する者が目の前に現れたのに対して、「お前なんかにはわからない」なんて突き放す態度は、「理性的」とは言い難いですね。

したがって、**彼が「理性的」だとはとても言えません。**

この時点で、③はアウト。この選択肢、二行目以降は読まなくてよくなりましたね。

▼**選択肢は前から見るのが一番早くて完全**

ちなみに、長い選択肢があると、「選択肢の**文末だけ**見て終わらせたい」っていう思いにとらわれることはありませんか？

確かに、最後だけをパパッと見ていけば、早く選択肢を吟味できるように思えるかもしれません。

でも、文末近くだけは完璧に○なのに、そこに至るまでの途中にありえない×が仕込まれている選択肢なんて、出題者には簡単に作れてしまいます。

ですから、「最後だけ見て……」というリスキーな解答の仕方は、**おすすめできません。**

では、長い選択肢は、時間をかけて初めから最後まですべて見なければいけないのでしょうか？

今の③って、**一行読んだだけで**正誤判定できましたよね。

実は、最後まで読まなければいけない選択肢は**二種類しかないん**ですよ。

すなわち、最後の最後にしか×がない選択肢と、どこにも誤りがない正解の選択肢です。大半の選択肢は、今の③のように、早々と×になっちゃったりします。

つまり、**前から順番に見ていって、誤りがあり次第その選択肢を見るのは終了**というスタンスのほうが**早いし、しかも安全**なんです。


さあ、あとは④、⑤、⑥です。この中の一つが、もう一つの正解ということになりますね。
④は途中から。

④ …「王子」に向けた「**彼**」**の言動の不可解さに**言及する「あたし」…

問2で見たとおり、「彼」は「**風変わり**」です。その「彼」の「風変わり」な行動を、この選択肢は「不可解」と表現しています。ここはクリア。

…「**あたし**」の心情が**中心化**されている。

Yは X の話を「**あたし**」**から見える範囲で**再構成した文章ですから、「あたし」の心情が中心なのは当然です。

「一羽のツバメ」と「王子」が誰にも顧みられることなく**悲劇的に終わるXを**…

Xにおいては、「彼」と「王子」は最終的に「神」に「顧みられ」て、**天国で尊いものとして扱われます**。ちゃんと神様は見ているんです。

この結末は「誰にも顧みられることなく」とは言えませんね。この時点で④はアウトです。

⑤いきましょう。これも、途中から。

> ⑤　…天使によって天国に迎えられるという**逆転劇**の構造を持っている。

「逆転劇」とあります。**不幸にも、**自分たちの献身の甲斐なくゴミ捨て場に捨てられた二人が、「尊いもの」として天国に迎えられ、**ハッピーエンド**になっています。ちゃんと「逆転」していますね。

> その構造は、Yにおいて、**仲間によって見捨てられた**「彼」の死が…

「彼」は**自分の意志で**北の町にとどまったんでしたね。「あたし」が「生きられないわよ？」と**慰留しても変わらないくらい、強い意志**です。

したがって、この「見捨てた」の時点で⑤はアウトです。

④、⑤がおちた時点で、二つ目の正解は⑥だということになりますが、見てみましょう。

一文目の「自己犠牲的な行為」、「献身」、「賞賛」については、今までの選択肢で○だと確認してきたことと同じことを言っていますから、クリアです。

二文目。

> ⑥　…それに対して、Yでは、「王子」が**命を捧げるように**「彼」**に求めつつ、**自らは**社会的な役割から逃れたい**と望んでいる…

この「命を捧げるように…求める」は、かなり**強い言い方**になっていますが、本文の最後にある、「**命を捨てても**自分の傍にいたいと思う者がただひとり、**いてくれればいい**と思った」に対応しています。

それから、「社会的な役割から逃れたい」。これもかなりきわどいのですが、「命を捨てても…」の直前にある「自分がまとっていた**重たいもの**を、捨てたかった」に対応しています。

ここで言う「重たい」とは、宝石や金箔の物理的な重さのことを言っているのではなく、そうしたものによって飾り立てられた**「王子」という身分**、そこからくる貧しい人々との**格差**といった、**「社会的」**なものを示していると言えますね。

そうすると、Xにある、**我が身を捨ててでも人々を救う**という献身的な行為における「捨てる」と、Yにおける**社会的な位置付けを捨てて楽になりたい**という意味での「捨てる」とでは、**ニュアンスが違ってきますね**。Xの「捨てる」は**利他的**なもの、一方、Yにおける「捨てる」は**利己的**なものですから。

それを⑥は次のように表現しているわけです。

> 捨てるという行為の**意味が読み替えられている**。

キレイに最後まで通りますね。というわけで、二つ目の正解は⑥ということになります。

6 問5の解答解説

では、問5にまいりましょう。

> **問5** 次の**【Ⅰ群】のa〜c**の構成や表現に関する説明として最も適当なものを、後の**【Ⅱ群】の①**〜⑥のうちから、それぞれ一つずつ選べ。

選択肢が六つあるにも関わらず、**答えなければいけないものは三つだけ**。

ということは、abcの**どれにも当てはまらない三つを見定める**ことも、abcに対応する答えを選んでいくのと同時進行でやってくださいということですね。

では、①〜⑥を順番に見ていきましょう。なお、解説の都合上、今解いた問4の選択肢の言い方に従って、一〜八行目の「幸福な王子」のあらすじを語った文章を「X」、それをツバメ視点で語りなおした十行目以降の文章を「Y」とします。

まずは①から。

> ① **最終場面**における物語の出来事の**時間**と、それを語っている「あたし」の**現在時**との**ずれ**が強調されている。

この「**最終場面**」という言葉に対応するような要素が、ａｂｃのどれかに含まれるかどうか。まずはそれを考えてみましょう。ただし、「最終場面」という言葉には、この選択肢の中で**追加条件**が付いています。すなわち、「**『あたし』の現在時とのずれが強調できるような**「最終場面」です。

そうすると、まず「最終場面」という言葉の時点で、ａとｂは候補から外れます。ａは文章Ｘ**全体**を指しています。ｂが示しているのは文章Ｙの**最初のほう**です。どちらも、「最終」と呼べる範囲にはなりえません。

ではｃはどうか。ｃのいう「62行目以降」は、確かに文章Ｙの「最終場面」と呼べる箇所を示しています。

しかし、ｃについては、「『あたし』の現在時とのずれが強調」できるとは言えません。ｃの箇所はまさしく「『あたし』の現在時」の状況と心境を語ったものです。「『あたし』の現在時」が「『あたし』の現在時**とのずれ**」を「強調」できるわけありません。

というよりも、そもそもＸとＹって、時間が「ずれている」と言える箇所があるでしょうか？

「幸福な王子」のあらすじ部分は、「王子」と「彼」が頑張り、力尽き、捨てられ、神に救済される話です。これは、「神」の視点で書かれています。

その後の文章は、**それと同じ幅の時間**で「あたし」から見えたものを描いている文章です。つまり、この**二つの文章の違いは、「時間」にではなく「視点」によるんですね。**

というわけで、①についてはａｂｃのどれにも当てはまりません。

▼**「表現の仕方」を示す言葉に反応する**

次、②にいきましょう。

②「**彼**」の性質を端的に示した後で具体的な例が
重ねられ、その性質に注釈が加えられている。

この選択肢、「**内容**」という観点だけで見ると、「『**彼**』**の性質が**…**述べられている**」くらいのことしか言っていないように見えてしまいます。文章X・Yのどこかに「『彼』の性質」が描写されているのは、当たり前です。

この問5で問われているのは「**構成と表現**」です。本文の「内容」だけを気にしていても、選択肢の適切な吟味ができません。「**表現の仕方**」という観点で、この選択肢の見どころを探ると、どうなるか。

②「彼」の性質を**端的に**示した後で**具体的な例**が
重ねられ、その性質に**注釈**が加えられている。

赤字で示したものは、「『彼』の性質」自体の説明ではなく、**その**「**表現の仕方**」**の説明**です。これらの言葉に合うように、「『彼』の性質」が示されている場所があるか。それを吟味しましょう。

まず「端的」というのは、「**要点がハッキリとそのまま伝わること**」という意味です。

次に「具体的」というのは、「ありありとしていてわかりやすいこと」という意味ですが、もう少し広げて言うと、「実際に**その中身が何なのかわかる**ように示されていること」という意味です。

「**注釈**」とは、「**わかりにくいものに、後からそれをわかりやすくする説明を加えること**」です。

本文の中で、「彼」について描写している箇所の中でも、次ページの三つの条件を全て満たしている箇所でなければ、この選択肢の要求する条件に当てはまりません。

1. 「彼」の「性質」が、要点が伝わるようにハッキリと示され

後に

2. その「性質」の中身がいくつか重ねられ

さらに後に

3. 以上の説明が分かりやすくなるような説明が加えられている

ここまで選択肢をシッカリほぐしておけば、これらのすべての条件を満たすものがａｂｃの中にあるかないかは、明確にわかります。「『彼』について書いてあるのはどこだ?」なんていう安易な見方で判断してはいけない選択肢ですね。

ａｂｃの中でこれらの条件に完璧に対応するものはあるでしょうか。

十行目を見てください。

遅れてその町にやってきた**若者は**、なんとも**風変わりだった**。

「あたし」から見えた「彼」の「**性質**」を、**一言でストレートに**言い表した一文です。これが、「**端的**」。

続いて、「彼」の性質の**内容**がありありとわかるような描写が並んでいます。

つやのある黒い羽に…(中略)…実に見た目のいい若者だったから…(中略)…でも、彼がいつも夢のようなことばかり語るものだから…

これが、「**具体的な例が重ねられ**」。

そして、「――」の前に「夢のようなことばかり語る」とあり、「――」の後がもう**少し詳細な追加説明**になっています。

彼がいつも**夢のようなことばかり語る**ものだから――今まで見てきた**北の土地について**、これから飛んでい

く南の国について、遠くを見るようなまなざしで語るばかりだったから…③

これは「注釈」と言っていいですね。

というわけで、**bの正解が②**です。正解しているだけじゃダメですよ？　吟味すべきものを吟味した上で正解できたか、反省してくださいね？

③いきましょう。

> ③　断定的な表現を避け、**言いよどむ**ことで、「あたし」が「**彼**」に対して抱く**不可解さ**が強調されている。

「あたし」から見た「彼」についての説明があり、かつ「**彼」の「不可解さ**」が強く表れている箇所。これらの条件から考えて、この選択肢もbに当てはまる要素を相当に持っています。

だから、bの答えが②なのか③なのかで迷った人は、かなり多いのではないでしょうか。

③について判断する際の決定的なポイントになったのは、「**言いよどむ**」です。

「**よどむ**」は、動詞の連用形について補助動詞として使われる場合、「**～することに躊躇（ちゅうちょ）して戸惑う**」という意味を持ちます。

つまり、「言いよどむ」で、「口に出すのを躊躇して戸惑う」ですね。断定的に「こうだ！」って言うのではなく、「言おうか言うまいか、どうしよう……」って迷うことです。

ところで、bの部分は、「あたし」から見た「彼」のあり方をただ描写しているだけの箇所ですよね。「言いよどむ」も何も、そもそも「**言う」相手が存在していない**場面ですから、③はbの説明とは言えなくなります。

では、③はaかcの説明になるのでしょうか。

aについては、当てはまる余地はないでしょう。「幸福な王子」のあらすじには「あたし」が登場しませんからね。

cはどうでしょう。

確かに、ｃの言う六十二行目以降では、「『あたし』が『彼』に対して抱く不可解さ」が克明に描写されています。「なぜ、あの町に残ったのだろう?」、「本当の思いはどうだったのだろう?」と。その点だけ見れば、③はｃの示している箇所の説明ができていそうに見えます。

でも、この場合も**「言いよどむ」**が引っかかります。ｃにある「モノローグ（独白）」というのは、誰かに語りかける行為ではなく、**自分自身の内面を描写する行為**です。

語りかける相手がいなければ「言いよどむ」、つまり「言おうか言うまいかを躊躇する」という事態は発生しません。ただ**彼女の心の中の語り**ですから。

さらに、③には「**『彼』に対して**抱く不可解さ」とありますが、本文の六十二行目以降では、「あたし」の「**王子」に対して**抱く疑念も吐露されていますね。

つまり、「『彼』**と『王子』**に対して抱く不可解さ」でないと、厳密にｃに対応した説明だとは言えません。

というわけで、③はａｂｃのいずれにも当てはまりません。

次は、④です。

> ④　「王子」の像も人々に**見捨てられる**という、「**あたし」にも想像できなかった**展開が示唆されている。

「王子」は、文章Ｘには出てきますが、文章Ｙには直接は出てきません。だから、④が対応するものがあるとすれば、文章Ｘにあるａでしょうね。

まず、「見捨てられる」は完全にａに対応しています。王子は溶かされ、溶け残った心臓はゴミ捨て場行きになりましたから。

とすると、カギになるのは、それが「**あたし」に想像できなかったかどうか**だということになるのですが、これはそのままａの部分を見ていけばわかるでしょうか。

文章Ｘに「あたし」は出てきません。ということは、文章Ｙの「あたし」を見なければいけないんです。

▼文章と文章の間を身軽に往復する

七十六行目をご覧ください。

> それでも、もしまた渡りの前にあの町に寄って**「幸福な王子」の像を見たら、聞いてしまう**かもしれない。

何を聞こうとしたかは確認済みなので置いておきます。大事なのは、この「あたし」の思いは、**「自分が町に戻ったら王子の像がある」ということを前提としたものだ**ということです。なければ聞けませんからね。

では、**実態**はどうか。「あたし」の視点を離れて、aの部分に戻ります。ちゃんとこうやって**文章と文章を往復**しましょう。「複数文章」型なんだから。

皆さんもうおわかりですね。「王子」はもう、**溶けてしまって存在しないんです**。これは、「あたし」の**完全な想定外**です。

したがって、**aに対応する正解が**④です。

さて、ここまで来れば、後は早いです。abはもう対応する選択肢がわかっていますから、あとは⑤、⑥それぞれに書かれている「あたし」のあり方のうち、cに当てはまるのはどちらかを考えるだけです。

> ⑤ 「あたし」の、「王子」や「彼」の行動や思いに対して揺れる複雑な心情が示唆されている。

「揺れる複雑な心情」、安定的にひとつに定まらない思い。問3の正解に出てきた「割り切れない」ですね。そう、彼女は六十二行目以降のモノローグで、「どうせあたしには……わからない」と**諦**(あきら)**める思い**と、それでも「彼」と「王子」に**やっぱり聞いてみたいという思い**との間で、揺れてしまっているんです。

ということで、**cに対応する正解が**⑤です。

では、⑥のどこがダメなのか。

> ⑥ 自問自答を積み重ねる「あたし」の**内面的な成長**を示唆する視点が加えられている。

この文章で、「あたし」が成長したところを描写した箇所なんてありません。「あたし」は、文章全体を通して、然るべきときに南へ行き、子孫を残す相手を選び、子孫を残すことを当たり前のことだと思っている、「**ふつうのツバメ**」**のまま**です。

⑥はa・b・cのどれにも当てはまりません。

以上、問題4の解説でした。

【問題4 正解】

問1 ア（仰々）⑤　イ（到来）④
ウ（所帯）⑤

問2 ③　**問3**【Ⅰ群】②　【Ⅱ群】③

問4 ②、⑥　**問5** a ④　b ②　c ⑤

【漢字】

ア　①業績　②苦行　③凝縮
④異形　⑤仰天

イ　①奮闘　②転倒　③当意
④周到　⑤不党

ウ　①悪態　②台頭　③怠慢
④安泰　⑤帯同

第7講 「文学的文章」Ⅱ・詩&随筆

いよいよ最後の問題です。**問題5**は、「詩」と「随筆」という組み合わせの**複数文章型問題**です。共通テストの中でも、一番その異色性が際立っている問題です。

今までの講と同じように、まずは問題の本質を分析し、それに続いて実際の問題について解説します。

1 詩とエッセイの読み方

▼詩には「唯一の正しい読み方」は存在しない

「詩」の本質は、**解釈の多様性**にあります。つまり、読む人の気分、人生観、センス、その他様々な要因によって、いくらでも多様な解釈が可能になるということです。

裏返せば、「**詩」はそれ自体では読み取り方が一つには定まらない**ということです。

ところが、選択式問題というのはその本質上、「**客観的な正解**」を答える問題です。解釈多様性をその本質とする「詩」に関して、唯一の客観的正解を答えさせるというのは、ハッキリ言って矛盾に近い行為です。

では、このような矛盾はどうしたら解消できるのでしょうか。その答えを出す前に、もう一つのテキストである「エッセイ」の特徴を説明しましょう。

▼「書き手の一貫した主張や思い」が存在する

エッセイにもいろいろな種類があるのですが、その特徴をひとことで言うなら、**砕けた文体で書かれた評論**ということになります。

エッセイと評論の共通点は、**必ず一貫した主張や思いがある**ということです。どちらの文章でも、書き手が文章に直接出てきて、本人の考えたことや感じたことを示していきます。そして最終的には、「……というわけで私はこう思うのだ」というような、ひとつの「オチ」に向かって文章が収束していきます。

では、エッセイと評論の相違点は何かというと、評論のほうがカチッとした文体で論理的に自分の主張を詰めていくのに対して、エッセイはそのような論理的緊密性より、**書き手自身の心の赴くままにすすむ自由な筆致**を特徴としているという点です。

だからエッセイでは、自己体験や書き手が見聞きした伝聞的なエピソードが随所で出てきますし、比喩表現をはじめとするイメージ的な言語が散りばめられます。その分だけ、かえって評論より読みにくかったりもします。

さて、「詩」が**解釈多様性**を持っているのに対して、「エッセイ」には**一貫した主張や思い**がある。そして、この二つのテキストが「複数文章」という形をとって**同じ問題の中でつながり合っている**。

ということは、この問題において「詩」の意味を一義的に規定してくれるのは、「エッセイ」だということになります。

▼詩の読み取り方とは?

それを明確に示してくれているのが、問2の設問文です。

> **問2** 傍線部A「何百枚の紙に　書きしるす　不逐」とあるが、どうして「不逐」と言えるのか。**エッセイの内容を踏まえて**説明したものとして最も適当なものを、次の①～⑤のうちから一つ選べ。

傍線部Aについての説明を、「エッセイの内容を踏まえて説明」する。**エッセイには書き手の一貫した主張や思いがある**ので、その主張を基にすれば、多様に**理解できてしまう「不逐(ふそん)」の意味も、一義的に決まる**ということです。

ということは、この二つのテクストを読む順番もそこから決まってきます。

今回は、先に詩があって、それからエッセイが続きます。だから皆さんは、まず詩をそれ自体として読解して、それからエッセイを読むという手順を取ったかもしれませんが、実はそれ、**逆**なんですね。

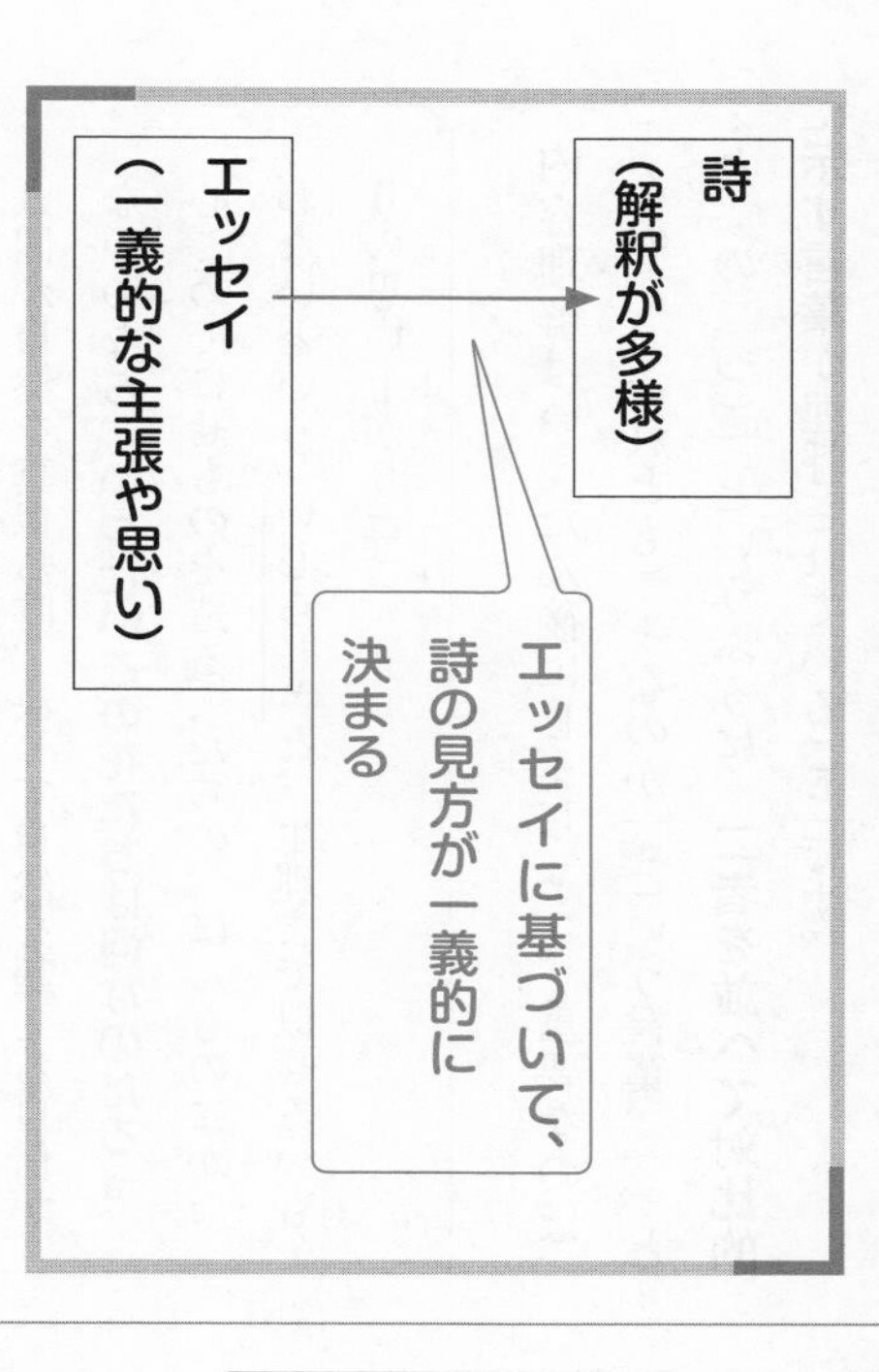

まずはエッセイ。そしてそのエッセイの理解に基づいてはじめて、詩についての理解の仕方が一つに定まるというのが、より適切な順番なんです。

2 「エッセイ」の読解

ということで、エッセイ「永遠の百合」のほうから読んでいきます。

まず**第一段落**。

> 1　あまり生産的とはいえない、さまざまの優雅な手すさびにひたれることは、女性の一つの美点でもあり、（何百年もの涙とひきかえの）特権であるのかもしれない。近ごろはアート・フラワーという分野も颯爽(さっそう)とそれに加わった。

これだけでは全然わかりませんね。こういう場合には、**複数の段落をひとまとめにして読む**のが、建設的でしょう。段落ひとつなんていう狭い範囲で見ても何もわからないのは、僕らの読解力が欠如しているからではなくて、**まだ文章がどこに向かっているのかがわかるような広さで見ていない**からです。

というわけで、**第二、第三段落**一挙にいきます。

> 2 去年の夏、私はある古い友だちに、そのような〝匂わない〟百合の花束をもらった。「秋になったら捨てて頂戴ね」という言葉を添えて。
>
> 3 私は**びっくり**し、そして考えた。これは謙虚**か**、傲慢**か**、ただのキザ**なのか**。そんなに百合そっくりのつもりなの**か**、そうでないことを恥じているの**か**。人間が自然を真似る時、決して自然を超える自信がないのなら、**いったいこの花たちは何なのだろう**。心こめてにせものを造る人たちの、ほんものにかなわないという(ウ)いじらしさ**と**、生理まで似せるつもりの思い上がり**と**。

内容理解はいったん後にしましょう。重要なのは、「…なのか(それとも)…なのか」という言葉、「…と…と(の二つ)」というふうに、**二者を並べて対比的に示す言葉**が連呼されていることです。

そして、そのちょうど真ん中あたりに、「いったいこの花たちは何なのだろう」という**疑問文**が据えられています。第三段落の冒頭に「**びっくり**」とあることからも、これはただの疑問文ではなく、**驚きを交えた困惑に近いもの**なんでしょう。

「二者を対比的に示す言葉」と「疑問文」、これらを結びつけて考えれば、第三段落の主旨は見えてきます。すなわち、「**あれなのかこれなのか、どちらなのかわからず、困惑した**」ですね。

ここまで見通しが立ったら、次は「**あれ**」**と**「**これ**」**を特定**しましょう。「なのか」や「と」で結ばれている二者をそれぞれ振り分けて、**二グループ化**します。

百合のアート・フラワー=にせもの

→ びっくり(困惑)

↓ **百合そっくり—似せるつもりの思い上がり**

……**という**傲慢?

(それとも)

↓ **自然を超えられない—ほんものにかなわない**

……**という**謙虚?

作者は百合のアート・フラワー（にせもの）をもらって、これは「**百合そっくりに似せて作ってやった**」という「傲慢」と、「**どうせにせものは本物の自然にかなわないさ**」という「謙虚さ」との、**どっちで考えればいいのか困った。**

このように、三段落をひとまとめにして、やっとわかる文章なんです。整理してみると、第一段落もこの中に自然と組み込まれてきますね。

▼対比の上手な使い方

文章に明確な「対比」の線が見えてきたところで、「**対比」の上手な使い方**についてお話ししておきます。

「対比を押さえなさい」というアドバイスを受けたことは、皆さんもあると思います。書き手は、何かと何かを対立的に提示し、それらの違いの中で自分の論を立てていることが多く、そうした反対関係を押さえると、主張の筋道が見えやすくなります。

ただ問題なのは、「対比を押さえさえすればそこがゴール」という感じで、せっかく押さえたその対比を「**使う**」という意識が欠落している人が多いことなんです。

押さえた「対比」は、ちゃんと使いましょう。

使い方は簡単です。「対比」を押さえたら、**その二項をベースにして今までを読みなおしたり、これから先を読んだりすること**です。

「対比」が出てきた場合、文章のある程度広範囲にわたって、その対立する二項を掘り下げていく形で文章が続いています。だから、その二本の流れに乗って、「今見ているこれは、**二項のうちのどちらの話なんだろう？**」と考えながら読めばいいんです。そうすると、今見ているものを、今までや今からの**話の流れ**に、スムーズに乗せることができますね。

つまり、「対比」を押さえたらそこが終わりなのではなく、**その前後を読みやすくするための出発点**なんです。

話を戻しましょう。最初から三段落使って、作者は「造花（アート・フラワー）」に「傲慢」を見るべきか「謙虚さ」を見るべきかという困惑を表明しています。「**傲慢**」か、「**謙虚**」か。ここから先は、この二項の対比に引き寄せながら読んでいけば、キレイに二つに分かれてくれるのではないでしょうか。

例えば、**第四段落**。

> 4 枯れないものは花ではない。**それを知りつつ枯れない花を造る**のが、Bつくるということではないのか。

「枯れないものは花ではない」。この一文自体は、「**謙虚さ**」を示すほうですね。**本物のように枯れさえしない花のどこが本物なんだ**と、本物の花を前にして造花を下に見ているんですから。

しかし、それに続く「それを**知りつつ**枯れない花を造る**のが**、Bつくるということではないのか」はどうでしょうか？

こちらは逆に、「**傲慢**」に振り分けられるべき一言でしょう。自然に従えば、花は枯れる。枯れない花は、花ではないことを知っていて、それでも枯れない花を作るのであれば、それは、**自然の花、本物の花に対する挑戦**です。

続けます。

> ――花そっくりの花も、花より美しい花もあってよい。それに香水をふりかけるもよい。だが造花が造花である限り、たった一つ**できないのは枯れることだ**。そしてまた、たった一つ**できるのは枯れないことだ**。

造花には「**できない**」ことがある。それは「**枯れる**」ことだ。本物の自然の花は枯れることができるが、それができないのなら、それは**造花が自然以下**だということです。

例えば、紀友則（きのとものり）の和歌に、「しず心なく花の散るらむ」っていう有名なフレーズがあります。「**桜の花が急ぎ散ってしまうことで心が騒がしくなってしまう**」という趣旨の歌です。

いつまでも咲き誇る花であれば、ありがたみが失われます。かけがえのなさも失われます。**桜の花は、あっという間に散ってしまうがゆえに美しい**んですね。

枯れ散ってしまう花であればこそ、それは尊い。**そういう尊さが、造花にはない**。こういうことを考えながら「できないのは枯れることだ」という言葉の意味を考えると、ここには生きた花に対する「**謙虚さ**」の側面が出ていることがわかります。

それに対して、「たった一つ**できる**のは**枯れない**」のほうは、造花を**本物の花より上に置く言い方**です。自然のように枯れてしまうものを乗り越えて、**枯れないでいられる**。造花のそういう側面を強調するこの言い方は、「**傲慢**」につながっていきます。

この二文はすごいですね。「できる／できない」、「枯れる／枯れない」を入れ替えるだけで、**造花という一つの対象について、そのよさと限界を同時に示している**んです。

百合のアート・フラワー＝にせもの
→びっくり（困惑）
↓　百合そっくり―似せるつもりの思い上がり
枯れないことができる→枯れる花を超える
……という傲慢？
（それとも）
↓　自然を超えられない―ほんものにかなわない
枯れることができない→枯れる花に劣る
……という謙虚？

第五段落いきます。

> 5 花でない何か。どこかで花を**超える**もの。大げさに言うなら、**ひと夏**の百合**を超える永遠**の百合。それをめざす時のみ、つくるという、真似るという、**不遜**な行為は許されるのだ。（と、私はだんだん昂奮してくる。）

「花を超える」、「ひと夏の百合を超える永遠」。先ほどの第四段落で見て取ったことをふまえれば、これは間違いなく「**傲慢**」のほうです。

第四段落からこの第五段落へと至る流れの中で、徐々に「傲慢」の中身がハッキリしてきましたね。「ひと夏」で枯れてしまう本物の花の**有限性**に対して、「永遠」に「枯れない」ことが「できる」造花の**永遠性**を優位に置く発想のことを、作者は「傲慢」と言っているんです。

だから作者は、それが「**不遜**」だとしています。「不遜」というのは、「思い上がり」のこと。「**傲慢」と同じ意味**ですね。

ところで、授業の冒頭で確認したように、この「不遜」という言葉は、「詩」の傍線部Aにもあります。

詩の理解を絞り込む土台になるのは、エッセイです。だから詩に出てくる「不遜」に関しても、「**自然の有限性を越えて永遠を目指す傲慢さ」という、エッセイにおける「不遜」の意味**をベースに考えることになります。

ともあれ、エッセイを最後まで読んでしまいましょう。**第六段落。**

> 6 絵画だって、ことばだってそうだ。一瞬を**永遠**のなかに定着する作業なのだ。個人の見、嗅いだものをひとつの**生きた花**とするなら、それはすべての表現にまして**在るという重み**(C)をもつに決まっている。あえてそれを**花を超える**何かに**変える**——もどす——ことがたぶん、**描くという行為**なのだ。

「一瞬」(つまり有限)を「永遠の中に定着する」、「(生きた)花を超える」、これらは今までの二項対立のうち、「**傲慢**」のほうで繰り返されてきたことです。

「絵画」にしても「ことば」にしても、「描くという行為」、つまり芸術という行為は、**有限を永遠に「変える」行為**なんだと。

では、途中に出てきた傍線部Cは**どちら側でしょう?**

「生きた花」は、「個人」が見たり嗅いだりしたときのその感触と同じように、**一時のもの、有限なもの**です。

そうしたものがそこに「在る」ということで生じる「重み」。これは、造花にない**有限性を讃える姿勢**を示す言葉ですね。

先ほど、紀友則の「しず心なく……」の話をしましたが、ああした有限であるがゆえに持つ尊さが、ここでいう「在るという重み」ですね。

とすると、今度は「永遠」よりも「有限」のほうが相対的に上に位置づけられていますから、「傲慢」か「謙虚さ」かで言うと、この傍線部C自体は「**謙虚さ**」のほうに振り分けるべきですね。

そのひそかな**夢**のためにこそ、私もまた手をこんなにノリだらけにしているのではないか。もし、もしも、ことばによって私の一瞬を枯れない花にする**ことができたら!**

生きたものについて、**有限であるがゆえの「重み」を讃えながら**、しかしそれを「超える」もの、つまり**「永遠」なものに変える営為を「夢」とし、「(そうすることが)できたら!」**と望む。そういうことですね。

第七段落。

[7] ――ただし、(と私は**さめる**。秋になったら……の発想を、はじめて少し理解する。)「私の」永遠は、**たかだかあと三十年**――歴史上、私のような古風な感性の絶滅するまでの**短い期間**――でよい。何故なら、(ああ何という不変の真理!)**死なないものはいのちではない**のだから。

「私はさめる」という一言を見て、**今までに見てきた段落のどこかに戻ろう**という意識が働いた人は、エライです。文章を読んでいるときの「**往復意識**」は、大事にしましょう。

第五段落の一番後ろです。

(と、私はだんだん昂奮してくる。)

「**昂奮」と「さめる」は反対の言葉**です。「永遠」を望み、「永遠」を造るのがアートなんだって「**昂奮**」していた作者、その作者が今突然「**さめ**」たんです。

ここから先に来るものは？

もちろん、**有限への賞賛**です。そういう前提でこの段落の続きを読めば、大事な言葉が揃いますね。

「死なないもの」、つまり「永遠」なもの、そんなものは本物の「いのちではない」。だから、自分自身に感じられた「永遠」なんて、「たかだかあと三十年」という「短い期間」だけ続けばいいんじゃないか。

そのくらいの有限でなければ、「いのちではない」んじゃないか。そういう「さめる」ですね。

そう、作者は第三段落で「謙虚か、傲慢か」という二者択一を前にして困惑し始めて以来、ずっと**「有限ゆえの重み」と「永遠への願い」との間を揺れ動いているん**ですね。

このように、**対比関係にあるものを連続的に捉える**ことで、「語句」や「文」をバラバラに見ていくだけでは絶対に見えないものが見えてきます。「対比」は**押さえてからが勝負**ですよ。

そうすると、第七段落のこの一文も意味を持ち始めます。

秋になったら……の発想を、はじめて少し理解する。

この「秋になったら……」というのは、**第二段落**に出てきた、「永遠」なるアート・フラワーの送り主の一言、「秋になったら**捨てて**頂戴ね」のことです。

もらった当初、作者は「**捨てて頂戴ね**」が理解できなかったんです。なぜなら、その友だちは、「永遠」なる造花を作っておきながら、その「永遠」について「秋」までと寿命を定め、捨てる（つまり消滅させる）ことを望んでいたんですから。

でも、「昂奮」と「さめる」を往来した今の作者なら、その友だちの気持ちがわかるんです。**造花の作り主もまた、作者と同じ迷いを持っているん**ですね。

8 私は百合を**捨てなかった**。それは造ったものの分まで**うしろめたく**蒼ざめながら、今も死ねないまま、私の部屋に立っている。

そう、作者は「百合を捨てなかった」んです。この造花の百合は「**傲慢**」にもこのまま存在し続けてよいのか、あるいは「**謙虚**」に一定の期間を経て消え去るべきなのか、それが決断できないうちは、作者は捨てられないんですね。

「うしろめたい」は「**自分の悪い点を恥じる**」という意味の言葉です。では、「悪い点」とは？

もちろん、枯れることなく「**永遠**」**で在り続けるものを造る**「**傲慢**」ですね。

造った本人も、「捨てて頂戴ね」と言うくらいですから、自らの「傲慢」に対するうしろめたさはあるでしょう。だから、造られた花も、「造ったものの分まで」うしろめたいんです。

第五段落までの要約に、第六段落以降を追加しておきます。

百合のアート・フラワー＝にせもの

→

びっくり（困惑）

傲慢？

（それとも）

謙虚？

「永遠」を夢見ることこそが芸術の営為！

……と昂奮

&

「有限」の「重み」こそ「いのち」では？

……とさめる

←

アート・フラワーの処置を決めかねる…

以上で「エッセイ」の読解は終了です。「詩」の読解については、設問に関わる限りで触れていきます。

3 問1の解答解説

問1は傍線部(ア)～(ウ)の**語句の意味を答える問題**です。センター試験から踏襲されているタイプの問題ですね。

設問に「**本文中における意味**」とあるので、その語自体の意味ではなく、文脈によって影響を受けた意味が正解になると思われがちなのですが、実際は、ほとんどの場合に**辞書的な意味**が正解になっています。

ですから、こういう問題は、まずはその**言葉自身の意味**で考えてください。文脈的な意味は、辞書的な意味でも答えが決まらなかった場合のみ、**二次的に参照する**という程度で考えておきましょう。

正解を講の末尾に載せておきます。各語句の他の選択肢は、「**該当語句の辞書的な意味が言えていないから×**」としか言いようがありません。

4 問2の解答解説

では、問2にいきます。

問2 傍線部A「何百枚の紙に 書きしるす **不遜**」とあるが、どうして「不遜」と言えるのか。**エッセイの内容を踏まえて**説明したものとして最も適当なものを、次の①～⑤のうちから一つ選べ。

詩の中に含まれる「不遜」の意味はエッセイで決まる。とすると、見るべきは第五段落でしょうね。

…**ひと夏**の百合**を超える永遠**の百合。それをめざす時のみ、つくるという、真似るという、**不遜**な行為は許されるのだ。

一時的なもの、有限なものを超えて「永遠」を目指す「不遜」。これが詩のほうの「不遜」にもあてはまるかを確認しましょう。

ところで、詩において数行がまとまって作る塊(かたまり)のことを、「**連**」といいます。傍線部Aを含む**第四連だけ**を見ても、エッセイの「不遜」と詩の「不遜」が重なっているかよくわかりません。

そこで、それに先立つ**第三連の四行**まで視野を広げると、見通しが立ってきます。

こんなにも
もえやすく **いのちをもたぬ**
たった一枚の黄ばんだ紙が
こころより長もちすることの 不思議

「長もちする」は、時間的な持続を示す言葉です。この言葉が「エッセイ」との関わり合いの中で意味を持つとすれば、それはやはり、「**永遠**」でしょうね。

もちろん辞書的な意味としては、「長もちする」と「永遠」は違います。「永遠」っていうのは、本当にずっと続くっていうこと。「長もち」っていうのは、「**いずれ終わるけど長い**」という程度の意味です。

でもここではそんなことは関係ありません。詩の意味は、エッセイを土台にしてはじめて決まるのです。だとすれば、**この「長もちする」は「永遠」に対応しているものとして捉えなければ、一義的に意味を決められないん**です。

ちなみに、「長もちする」の直前にある「こころ」っていうのは、人間の心ですね。この「こころ」の意味は、その前にある**第二連**で明らかになります。

書いた ひとりの肉体の
重さも ぬくみも 体臭も
いまはないのに

「紙」に自らの思いを書いた「ひとりの肉体」、一人の人間自体は、「いまはない」。それでも、「**紙」に書かれた思いは、書いた人間のなまの「こころ」を超えて「長もちする**」。

これが、「(紙が) こころより長もちする」の意味でしょう。これは「エッセイ」にあった「本物の花はやがて枯れゆくが、造花はそれを越えて枯れずに持続する」という話に対応しています。

ここまで見れば、問2で問われている「不遜」の意味も確定できます。すなわち、**紙に書かれた思いが、それを書いた「有限」な人間を超えて「永遠」である。**そういう「不遜」を指摘できている選択肢を選びましょう。

> ①　そもそも**不可能**なことであっても、表現という行為を繰り返すことで、あたかも**実現が可能**なように偽るから。

「実現不可能」と「実現可能」。これは「**有限**」、「**無限」とは直接関係ありません。**

> ②　**はかなく移ろい終わりを迎える**ほかないものを、表現という行為を介して、**いつまでも残そう**とたくらむから。

選択肢が、詩やエッセイにあったそのままの表現を使ってくれていません。そのままの表現で見ていてもわかりませんから、ちょっと言い換えてみましょう。「はかなく移ろい終わりを迎えるほかない」、これは「**有限**」を示しうる表現です。そして、「いつまでも残そう」の「いつまでも」は、「**永遠**」を示しうる表現です。先ほど導き出した「不逐」の内容に、ピタリと当てはまります。正解候補として残しておきます。

③を見てみましょう。

> ③　心の中に**わだかまる**ことからも、表現という行為を幾度も重ねていけば、いずれは**解放される**と思い込むから。

「わだかまり（心の中に不満や疑念が残ること）」から「解放される」。「有限」を「永遠」に固定する「不逐」とは、何の関係もありません。

> ④　**空想**でしかあり得ないはずのものを、表現という行為を通じて、**実体**として捉えたかのように見せかけるから。

「空想」と「実体」。②の表現に比べて「有限」、「永遠」に近いとは言えません。

> ⑤　**滅びるもの**の美しさに**目を向けず**、表現という行為にこだわることで、あくまで**永遠の存在に価**

値を置くから。

「滅びるもの」と「永遠の存在」。これは、限りなく「有限」と「永遠」に近いです。

②と⑤が相当にいい表現で張り合っていますね。

▼二択で困ったときは……

二択で困ったら、選択肢同士を比較してみましょう。

そうすると、選択肢をそれぞれバラバラに見ていたときには気づかなかった「**細かい違い**」が、浮き彫りになってきます。その「違い」に焦点をあてると、もう片方の選択肢よりも適切な(したがって「**最も適当な**」)選択肢と、もう片方の選択肢ほど適切ではない(したがって「**不正解**」である)選択肢との区別ができるんです。

まず、②と⑤の**冒頭**を比較します。

② はかなく移ろい終わりを迎えるほかないものを、
⑤ 滅びるものの美しさ**に目を向けず**、

ともに「有限性」を示せてはいますが、⑤には「…**に目を向けず**」とあるのに対して、②にはそういうニュアンスを持つ言葉はありません。

⑤にはあって②にはない、「有限なもの**に目を向けない**」。これは、重要な○×判定根拠になりそうです。

今度は真ん中辺り。

② 表現という行為を介して、
⑤ 表現という行為にこだわることで、

これは全く同じことを言ってますね。同じことを言っている箇所をどれだけ眺めても、「違い」は見えてきません。スルーします。

最後に、それぞれの文末を見ます。

② いつまでも残そうと**たくらむ**から。
⑤ あくまで永遠の存在に価値を置くから。

「いつまでも残そう」と「永遠の存在に価値を置く」。ともに「永遠」を示しうる表現です。

しかし、細かく見ると、**②にあって⑤にないもの**があります。すなわち、「**たくらむ**（**悪事**をくわだてる）」という要素です。この「悪事」のニュアンスが⑤にはありませんね。

このように、選択肢を比較すると「あっちにあって、こっちにない」、「こっちにあって、あっちにない」っていうことが明確になります。その「**ある**」「**ない**」**ものを軸に、より適切に設問の要求に応じた選択肢を模索する**わけです。

まず、⑤にある「目を向けず」についてですが、詩にある「不遜」は、本当に有限な「こころ」を見ようとしていないのでしょうか？

いや、むしろその「こころ」を「永遠」に残そうとして「紙」に「しるす」わけですから、むしろ**有限な「こころ」を直視している**と言ってもいいくらいです。

それから、②にある「（悪いことを）たくらむ」ですが、本来「有限」であるはずのものを、それに背いて「永遠」化するのって、**本来のあり方から逸脱する「悪さ」**を含んでいませんか？　だからこそ、ここで「不遜（思い上がり）」という**否定的な形容詞**が出てきているわけですしね。

つまり、⑤にある「目を向けず」は設問に照らして不適当、②にある「悪さ」のニュアンスは傍線部にある「不遜」という言葉に照らしてあったほうがいい。ということで、正解は②です。

5 問3の解答解説

> **問3**　傍線部B「つくるということ」とあるが、その説明として最も適当なものを、次の①～⑤のうちから一つ選べ。

傍線部Bを見てみると、「つくるということ」の直前に、**主語を示す**「**…のが**」があります。

だから、答えの軸になるのはこの主語自身、「**それ**（**枯れなければ本物の花ではないということ**）**を知りつつ枯れない花を造ること**」です。

この主語が言わんとしていることは、もうわかりますね。すなわち、**本物は有限であることを知りつつ、**

あえてそれを超える永遠を造ろうとする傲慢。これが、ここでいう「つくるということ」です。これが言えている選択肢を選びます。

> ① 対象を**あるがまま**に引き写し、**対象と同一化**できるものを生み出そうとすること。

本物の「あるがまま」のあり方に「同一化」するなら、本物を**超えて**「永遠」を目指すことはできません。①はアウト。

> ② 対象を**真似てはならない**と意識…

この時点で②はアウト。本物と造花の違いは、有限であるか「永遠」であるかという点だけです。この選択肢の言い方だと、あたかも**何から何まで本物の花とは違う花をつくろうとしている**ことになってしまいます。

> ③ 対象に**謙虚**な態度で向き合いつつ…

ここで言わなければいけないのは、有限を「永遠」に保とうとする「**傲慢**」**な態度のほう**です。③はアウト。

> ④ 対象を**真似ながら**も、どこかに対象を**超えた**部分をもつものを生み出そうとすること。

来ました！「対象を真似ながら」、つまり本物の花の姿をそのままに、しかしその「対象を**超えた**部分」、つまり**有限な本物の花にはない「永遠」性をもくろむ**。対象を、その有限性を超えて「永遠」に保とうとする「傲慢」、「不遜」が説明できる選択肢ですね。

「永遠」と直接に言わず、「対象を超えた部分」なんていう曖昧な表現に変えてしまうあたりに、「**言い換え**」によって難易度を上げようとする出題者の意図がうかがえます。

④は現時点での最有力候補です。

⑤ 対象の捉え方に**個性**を発揮し、**新奇な特性**を追求…

「個性」、「新奇な特性」。これは「有限」とも「永遠」とも何の関係もない話です。問3の正解は④です。

6 問4の解答解説

問4にいきましょう。

問4 傍線部C「在るという重み」とあるが、その説明として最も適当なものを、次の①～⑤のうちから一つ選べ。

第六段落を読んだときに確認したとおり、これは有限な存在について、その**有限性ゆえに生じる尊さ**を讃える言葉です。つまり、**いずれ消えゆくものであるがゆえに持つ**「**重み**」、これが今回のターゲットです。

裏返せば、芸術における「つくるということ」が生み出す「永遠」なものは、この「重み」を持つことができません。

ということは、今度は問2・問3で問われた「不遜」、「傲慢」の反対側、つまり「**謙虚**」のほうが問われていることになりますね。

さて、この問題、選択肢が短いですね。こういう短い選択肢は、**吟味すべき事柄をギュッと凝縮して表現**していますから、僕たち解答者のほうでそれを膨らませつつ、選択肢を見ていく必要があります。

① 時間的な**経過**に伴う**喪失感**の深さ。

「時間的な経過に伴う」ということは、「時間が経つにつれて徐々に変化していく」ということです。つまり、この選択肢は「時間が絶つにつれて、対象を見ているこちら側で徐々に喪失感が強く深くなっていく」ということを言っています。

まず、そんな「**変化**」みたいな話は、傍線部Cの付近にありません。

それから、この「喪失感」というのは、**見ている側**

の心の話ですよね。問われている「在るという重み」は、「私」が見ている「**対象」が持つ**「重み」ですから、説明しなければいけないターゲットがズレています。①は×。

② **実物そのもの**に備わるかけがえのなさ。

①とは異なり、見ている側ではなく**見られている対象の話**をしています。説明ターゲットは適切です。「かけがえのなさ」。「**他のものでは代替不可能な、それだけにしかない価値**」のことですね。これを「**時間**」バージョンで言い換えてみると、「他の時間には代えられない、今しかない価値」となります。

明日にはもうない、だからこそそれが存在する今が大事なものになる、そういう話です。**有限なものの持つ尊さ**の話ができていますね。

今のところ、②が暫定で正解です。

③ **感覚によって**捉えられる**個性**の独特さ。

「捉え**られる**個性」ということは、この「個性」は**見られる対象の側の話**をしていますね。②と同じく、説明ターゲットは適切です。

そして、「個性」というのは、「**それだけが持つ特徴**」です。先ほどの「かけがえのなさ」と似通った言葉ですから、②と同じ主旨のことが言えています。

でも、「個性」、「独特」というのは、「それ自身の持つ性質が他にない」ということを言っているだけであって、「かけがえのなさ」という言葉が持つ「**尊さ**」**のニュアンス**がありません。

それに、「感覚によって」という限定がちょっと**余計**ですね。作者は有限なものの持つ尊さを、「感覚」的なものに限定していません。

②に比べて、「最も適当」と言える選択肢ではありません。

④ 主観の中に形成された印象の強さ。

「印象の強さ」というのは「重み」という言葉と、イメージとしては重なり合います。でも、「主観の中に形成された」となると、これもまた①と同じく、**見ている側の話**をしていますね。アウトです。

⑤　表現行為を動機づける衝撃の大きさ。

「表現行為を動機づける」というところは問題ないですね。この選択肢が言っているのは、見ている対象から「衝撃」を受け、それによって「よし。この衝撃（を与えたこれ）を表現しよう！」という「動機」を得る、ということなんですが、これは「（対象が）在るという重み（衝撃）」になりますからね。

でも、「衝撃」を受けるのは、当然ですが、対象を**見ている側**です。これもまた、説明ターゲットがずれています。

問４の正解は②です。

7　問５の解答解説

問５へいきましょう。

問５　傍線部Ｄ「私はさめる」とあるが、その理由として最も適当なものを、次の①～⑤のうちから一つ選べ。

これも今までと同じく、「傲慢」か「謙虚」かというところから考えていきましょう。この「さめる」は傲慢ですか？　それとも謙虚ですか？

答えは「**謙虚**」です。第五段落で作者は、「有限性を乗り越えて永遠をつくることこそが芸術だ！」っていう強い思いに「昂奮」していました。そんな作者が、第七段落で、**私の永遠は「たかだかあと三十年」という「短い期間」でよい**、という思いに変わる瞬間。それが、この「さめる」です。

①　現実世界においては、造花も本物の花も**同等の存在感**をもつことを認識したから。

「造花」にも「本物」にも「同等の存在感」を見出す。エッセイにそんな話はありません。

> ② 創作することの意義が、日常の営みを**永久に残し続けることにもある**と理解したから。

「永久に残し続ける」は**「傲慢」の側**です

> ③ 花を**ありのまま**に表現しようとしても…

「ありのまま」の時点で、本文の「永遠をもくろむ傲慢」対「有限にとどまる謙虚」の図式から外れています。

> ④ 作品が**時代を超えて残る**ことに**違和感**を抱き、自分の感性も**永遠ではない**と感じたから。

「時代を超えて残ること」、つまり「**永遠**」**への**「**違和感**」。そして自分の感性が「永遠ではない」こと。前半も後半も、「有限性」＝「謙虚」につながります。

正解はこれしかないでしょうね。

> ⑤ **友人からの厚意**を理解もせずに、**身勝手**な思いを巡らせていることを自覚したから。

これは「永遠をもくろむ傲慢」対「有限にとどまる謙虚」という図式とは何の関係もない、**ただの友だちづきあいの話**です。

正解は④。

8 問6の解答解説

最後は「**表現**（**技法**）」についての問題です。(i)は**空所補充問題**ですから、**周辺**をよく見て、答えを決める手がかりを余すところなく拾い出しましょう。

> 対比的な表現**や** [a] **を用いながら**、第一連に示される思いを [b] に捉え直している。

まずは、[a]から。「対比的な表現」と「や（並列）」で結ばれていて、後ろは「を用いながら」ですから、正解の条件は、「詩」の中で**「対比」と並んで用いられている表現技法**です。

では、早速選択肢にいきましょう。

まず、①**「擬態語」**というのは、「ダラダラ」や「スッキリ」のように、**モノの状態を描写する言葉**です。ちなみに、「コンコン」や「パン」のように、実際に耳に聞こえる音を描写する言葉を「**擬音語**」といいます。

「擬態語」は、**「詩」のどこにもない**ようですから、この時点で①はアウトです。

次に、②**「倒置法」**。「お前だ！　盗んだのは！」とか、「悲しい、そんなはずないのに……」とかいったように、**正式な文法上の順序を逆にする**ことです。

これなら、この「詩」の至るところにあります。

例えば、第一連と第二連が「連」規模で倒置関係にあります。ふつうの文法で言えば、第二連にある「肉体……いまはないのに……」が先で、第一連の「紙片が……ありつづけることをいぶかる」が後ですからね。

それから、第五連の三行目「この紙のやうに　生きれば」のほうが、文法的には二行目の「何も失はないですむだらうか」より前に来るはずですよね。

③**「反復法」**とは、**同じ言葉、あるいは同じような言葉を繰り返すこと**です。「まさに、まさに、まさに！」もそうですし、「嬉しや楽しや」もそうです。

そういう反復法なら、見方によっては「ある」と言えます。例えば、第六連で続いている「乾杯……乾杯……乾杯！」というのは、広い目で見れば「反復法」です。

④**「擬人法」**も、あると言えばあります。

「擬人法」とは、**人間ではないものを人間であるかのように描写すること**です。「風がささやく」、「木々がくすぐる」のように、大抵の場合は「主語が非人間、述語が人間」という形をとります。

そうすると、第一連の「紙片が　しらじらしく　ありつづける」は、ギリギリ擬人法の範囲に入る表現です。「しらじらしい」というのは、人間のとる態度を示す言葉ですから。

というわけで、②の「倒置法」は第一・二連と第五連に、③の「反復法」は第六連に、④の「擬人法」は第一連に、それぞれあります。選択肢を一つに絞れませんから、[a]だけでは答えは決まりません。

では、b についても考えてみましょう。こちらの選択肢にも表現の仕方を示す言葉が並んでいるだけです。そうすると、これも a と同じように、「詩」にあるかないかだけを考えていけばいいんでしょうか？

▼設問の形から「出題者の意図」を見抜く

設問の　内の文の後半を、もう一度よーく見てください。b に入る言葉を選択肢に求めに行く前にやるべきことが、見えてくるはずです。

第一連に示される思いを b に捉え直している。

そうです。この「第一連」の「思い」とは何のことなのかを特定することですよね。

さあ、その「思い」を示す言葉は、第一連の中のどれでしょうか？

愛ののこした紙片が

しらじらしく　ありつづけることを

いぶかる

そう、「いぶかる」は「疑わしく思う」という意味です。問1で確認したとおり、「いぶかる」ですね。

では、「疑わしく思う」対象は何か。

答えはもちろん、「いぶかる」の直前にある「しらじらしく　ありつづける　紙片」です。**その紙片に思いを書きつけた人の「いのち」を超えて、「紙片」だけが「ありつづける」ことを**、「それはどうなんだ？」と「いぶかる」んです。

では、そういう「いぶかる」を「**捉え直している**」のは、どこでしょうか。詩全体でしょうか？

さあ、ここでやっと気づくんです。「第一連に示される思いを……捉え直している」のは「**詩」全体ではない**ということに。b を埋めるためには、b を含む設問の一文が**どの連のことを言っているのか**を限定する必要があったんです。

第3講でやった問題の問4では、「すべての選択肢の文体を揃える」という方法で**出題者の意図**が示されていましたね。

今回も、こうした設問の立ち方から、明示されていない「出題者の意図」を見抜くことがポイントだったんです。

話を戻します。
[b]の後にある「**捉え直す**」っていうのは、「**もう一度**（**あらためて**）捉える」っていうことでしょうね。
そうすると、今ターゲットにしている連もまた、第一連と同じように**いぶかっている**はずです。

以上のことをふまえて、**第五連**をご覧ください。

> 死のやうに生きれば
> **何も失はないですむだらうか**
> この紙のやうに　生きれば

「この紙のやうに　生きる」というのは、第一連で言えば、「しらじらしく　ありつづける」ことですね。

それは「死のやうに生きれば」と言い換えることもできます。そう、死んだら永遠に何も変わりませんからね。


何も変わらないように、死と同じく永遠に変わらずあること、これは、もののあるべき姿ですか？

間違いなく答えは**ノー**です。

この紙のように生きれば何も失わないですむ？　いや、大切なものを失うんじゃないでしょうか？　だって、「エッセイ」にあった言葉で言うなら、「**死なないものはいのちではないのだから**」。

さあ、これで、[b]を埋める条件は整いました。

設問を言い換えます。

> **第五連は第一連の「いぶかる」を捉え直している連であるが、この第五連で用いられている表現の仕方**を示す語句を、[b]に入れよ。

あとは、第五連で用いられているのが①～④のどの表現を選ぶだけです。第五連二行目「何も失はないですむだらうか」は②の「**反語的**」ですよね。

ということは、[a]のほうも自動的に「倒置法」に決まってしまうわけですが、「倒置法」がこの第五連で用いられていることは、先ほど確認済みです。(i)

の正解は②です。

(ⅱ)にいきましょう。こちら側がいっぱい喋(しゃべ)って選択肢の表現を膨らませるという姿勢を忘れずに。

> ① 第4段落における「たった一つできないのは枯れることだ。そしてまた、たった一つできるのは枯れないことだ」では、**対照的な表現**によって、**枯れないという造花の欠点**が**肯定的**に捉え直されている。

本物は「枯れること」ができるのに、**造花にはそれが「できない」**。これは、自然の花の「有限」性を上に置き、造花に「**欠点**」を見る「謙虚」な発想ですね。

それに対して、造花の「永遠」性に重きをおけば、「**で、きるのは枯れないことだ**」という**肯定的な捉え方**もできます。これが、「傲慢」な発想。

これらはもちろん「**対照的な表現**」と言えますし、「**欠点**」を「**肯定的**に捉え直す」とも言えます。①がいきなり暫定正解候補です。

> ② 第5段落における「(と、**私は**だんだん昂奮してくる。)」には、**第三者的な観点**を用いて「私」の感情の高ぶりが強調されており、混乱し揺れ動く意識が臨場感をもって印象づけられている。

後半の「揺れ動く意識」はOKです。作者は「傲慢」であってよいのか「謙虚」であるべきかで、文字通り揺れ動いていますから。

問題は「第三者的な観点」です。第三者から「私」を見ているのであれば、「私」ではなく「**彼女**」ですよね。それなのに「**私は**だんだん昂奮してくる」って言っているんだから、これは**一人称的な視点**です。②は×。

> ③ 第6段落における「――もどす――」に用いられている「――」によって、「私」の**考えや思い**に**余韻**が与えられ、「花」を描くことに込められた「**私**」**の思い入れの深さ**が強調されている。

この「もどす」がある第六段落は、第五段落の「永遠の百合」に対する「**昂奮**」を「絵画」や「ことば」に広げていく部分です。それは段落末の「**私の一瞬を枯れない花にすることができたら！**」という強い表現からもわかります。「思い入れ」は、「深」いですね。

後半はクリア。

問題は、「**余韻**（よいん）」です。

「余韻」とは、「**音がなくなった後も物理的に、あるいは心に残る残響**」のことです。「考えや思い」の「余韻」とありますから、例えば**ある思いが強すぎてそれが時間が経っても残り続けている**ところをイメージすればいいですかね。**そういう「余韻」が「——」で表せるかどうか**は、「——」の前も見ないとわかりません。

第六段落の一部を引きます。

> あえてそれ（**有限な花の持つ重み**）を花を**超える何か**に**変える**——もどす——ことが……

もしも「変える——。」と**文が終わっていたならば**、この「——」は「変える！」という強い思いの「余韻（残響）」とも言えたかもしれません。

でも、その後の「——もどす——こと」というつなぎ方を考えると、この「——」は、「変えるっていうのは要するにもどすっていうことですよ」って、**言葉を説明しなおしているだけ**です。

第5講で出てきたような「注釈」の意味はあっても、「余韻」とは言い切れませんね。③は×。

> ④　第7段落における「『私の』永遠」の「私の」に用いられている「　」には、「**永遠」という普遍的な概念**を話題に応じて**恣意的に解釈**しようとする「私」の意図が示されている。

「恣意的（しい）」とは、「自分に都合よく、自分勝手に」っていう意味です。

「永遠」は、「終わることなくずっと続く」という意味ですが、作者は「永遠」という語に、これとは違った**彼女独自の意味**を与えていますか？

「私なりの永遠は、ふつうの意味とは違ってこういう意味なんだ！」なんていう話は、エッセイにありませんよね。④も×。(ii)の正解は①ですね。

以上、問題5の解説でした。

▼結びにかえて

以上をもってこの講義は終了となりますが、最後に皆さんに一言。

これから勉強していく中で、皆さんはどんどん、「**自分が正解できること**」を確認したいという思いに駆られていくと思います。

でも、実は本当は逆で、「勉強」っていうのは「**できないことを**できるようにすること」なので、「**自分が不正解であること**」**を発見しないと、**「勉強」できないんです。こう言ってよければ、満点は「のびしろゼロ」です。

最後の最後まで、**あと100点分の力をのばすことができる**「**0点**」にこそ、前向きであってください。

では、講義を終わります。

【問題5 正解】

問1 ア ⑤　イ ④　ウ ③　**問2** ②　**問3** ④　**問4** ②　**問5** ④
問6 (i) ②　(ii) ①

問題編

問題1

第2講「文章読解」のコツ、第3講「選択式問題」のコツ

▼12・43ページ参照

目標解答時間25分

次の文章を読んで、後の問い（**問1〜6**）に答えよ。

フロイト(注1)によれば、人間の自己愛は過去に三度ほど大きな痛手をこうむったことがあるという。一度目は、コペルニクスの地動説によって地球が天体宇宙の中心から追放されたときに、二度目は、ダーウィンの進化論によって人類が動物世界の中心から追放されたときに、そして三度目は、フロイト自身の無意識の発見によって自己意識が人間の心的世界の中心から追放されたときに。

しかしながら実は、人間の自己愛には、すくなくとももうひとつ、フロイトが語らなかった傷が秘められている。だが、それがどのような傷であるかを語るためには、ここでいささか回り道をして、まずは「ヴェニスの商人」(注2)について語らなければならない。

ヴェニスの商人——それは、人類の歴史の中で「ノアの洪水以前」(注3)から存在していた商業資本主義の体現者のことである。海をはるかへだてた中国やインドやペルシャまで航海をして絹やコショウや絨毯（じゅうたん）を安く買い、ヨーロッパに持ちかえって高く売りさばく。遠隔地とヨーロッパとのあいだに存在する価格の差

異が、莫大（ばくだい）な利潤としてかれの手元に残ることになる。すなわち、ヴェニスの商人が体現している商業資本主義とは、地理的に離れたふたつの国のあいだの価格の差異を媒介して利潤を生み出す方法である。そこでは、利潤は差異から生まれている。

だが、[A]経済学という学問は、まさに、このヴェニスの商人を抹殺することから出発した。

> 年々の労働こそ、いずれの国においても、年々の生活のために消費されるあらゆる必需品と有用な物資を本源的に供給する基金であり、この必需品と有用な物資は、つねに国民の労働の直接の生産物であるか、またはそれと交換に他の国から輸入したものである。

『国富論』の冒頭にあるこのアダム・スミスの言葉は、一国の富の増大のためには外国貿易からの利潤を貨幣のかたちで[(ア)]チクセキしなければならないとする、重商主義者に対する挑戦状にほかならない。スミスは、一国の富の真の創造者を、遠隔地との価格の差異を媒介して利潤をかせぐ商業資本的活動にではなく、勃興（ぼっこう）しつつある産業資本主義のもとで汗水たらして労働する人間に見いだしたのである。それは、経済学における「人間主義宣言」であり、これ以後、経済学は「人間」を中心として展開されることになった。たとえば、リカード[(注4)]やマルクスは、スミスのこの人間主義宣言を、あらゆる商品の交換価値はその生産に必要な労働量によって規定されるという労働価値説として定式化した。

実際、リカードやマルクスの眼前で進行しつつあった産業革命は、工場制度による大量生産を可能にし、一人の労働者が生産しうる商品の価値（労働生産性）はその労働者がみずからの生活を維持していくのに必要な消費財の価値（実質賃金率）を大きく上回るようになったのである。労働者が生産するこの剰余価値――それが、かれらが見いだした産業資本主義における利潤の源泉なのであった。もちろん、この利潤は産業資本家によって搾取されてしまうものではあるが、リカードやマルクスはその源泉をあくまでも労働する主体としての人間にもとめていたのである。

だが、産業革命から二百五十年を経た今日、ポスト産業資本主義の名のもとに、旧来の産業資本主義の急速な変貌（へんぼう）が伝えられている。ポスト産業資本主義――それは、加工食品や繊維製品や機械製品や化学製品のような実体的な工業生産物にかわって、B技術、通信、文化、広告、教育、娯楽といったいわば情報そのものを商品化する新たな資本主義の形態であるという。そして、このポスト産業資本主義といわれる事態の喧騒（けんそう）のなかに、われわれは、ふたたびヴェニスの商人の影を見いだすのである。

なぜならば、商品としての情報の価値とは、まさに差異そのものが生み出す価値のことだからである。事実、すべての人間が共有している情報とは、その獲得のためにどれだけ労力がかかったとしても、商品としては無価値である。逆に、ある情報が商品として高価に売れるのは、それを利用するひとが他のひととは異なったことが出来るようになるからであり、それはその情報の開発のためにどれほど多くの労働が投入されたかには無関係なのである。

30　35　40

まさに、ここでも差異が価格を作り出し、したがって、差異が利潤を生み出す。それは、あのヴェニスの商人の資本主義とまったく同じ原理にほかならない。すなわち、このポスト産業資本主義のなかでも、労働する主体としての人間は、商品の価値の創造者としても、一国の富の創造者としても、もはやその場所をもっていないのである。

いや、さらに言うならば、伝統的な経済学の独壇場であるべきあの産業資本主義社会のなかにおいても、われわれは、抹殺されていたはずのヴェニスの商人の巨大な亡霊を発見しうるのである。

産業資本主義――それも、実は、ひとつの遠隔地貿易によって成立している経済機構であったのである。ただし、産業資本主義にとっての遠隔地とは、海のかなたの異国ではなく、一国の内側にある農村のことなのである。

産業資本主義の時代、国内の農村にはいまだに共同体的な相互(イ)フジョの原理によって維持されている多数の人口が(ウ)タイリュウしていた。そして、この農村における過剰人口の存在が、工場労働者の生産性の飛躍的な上昇にもかかわらず、彼らが受け取る実質賃金率の水準を低く抑えることになったのである。たとえ工場労働者の不足によってその実質賃金率が上昇しはじめても、農村からただちに人口が都市に流れだし、そこでの賃金率を引き下げてしまうのである。

それゆえ、都市の産業資本家は、都市にいながらにして、あたかも遠隔地交易に(エ)ジュウジしている商業資本家のように、労働生産性と実質賃金率という二つの異なった価値体系の差異を媒介できることにな

45

50

55

る。もちろん、そのあいだの差異が、利潤として彼らの手元に残ることになる。これが産業資本主義の利潤創出の秘密であり、それはいかに異質に見えようとも、利潤は差異から生まれてくるというあのヴェニスの商人の資本主義とまったく同じ原理にもとづくものなのである。

この産業資本主義の利潤創出機構を支えてきた労働生産性と実質賃金率とのあいだの差異は、歴史的に長らく安定していた。農村が膨大な過剰人口を抱えていたからである。そして、この差異の歴史的な安定性が、その背後に「人間」という主体の存在を措定してしまう、C伝統的な経済学の「錯覚」を許してしまったのである。

かつてマルクスは、人間と人間との社会的な関係によってつくりだされる商品の価値が、商品そのものの価値として実体化されてしまう認識論的錯覚を、商品の物神化と名付けた。その意味で、差異性という抽象的な関係の背後にリカードやマルクス自身が措定してきた主体としての「人間」とは、まさに物神化、いや人神化の産物にほかならないのである。

差異は差異にすぎない。産業革命から二百五十年、多くの先進資本主義国において、無尽蔵に見えた農村における過剰人口もとうとう(オ)コカツしてしまった。実質賃金率が上昇しはじめ、もはや労働生産性と実質賃金率とのあいだの差異を媒介する産業資本主義の原理によっては、利潤を生みだすことが困難になってきたのである。あたえられた差異を媒介するのではなく、みずから媒介すべき差異を意識的に創(つく)りだしていかなければ、利潤が生み出せなくなってきたのである。その結果が、差異そのものである情報を

60 65 70

商品化していく、現在進行中のポスト産業資本主義という喧噪（けんそう）に満ちた事態にほかならない。

差異を媒介して利潤を生み出していたヴェニスの商人——あのヴェニスの商人の資本主義こそ、まさに普遍的な資本主義であったのである。そして、「人間」は、この資本主義の歴史のなかで、一度としてその中心にあったことはなかった。

（岩井克人（いわいかつひと）「資本主義と『人間』」による）

（注）

1 フロイト——オーストリアの精神医学者（一八五六～一九三九）。精神分析の創始者として知られる。

2 「ヴェニスの商人」——シェークスピアの戯曲『ヴェニスの商人』をふまえている。

3 ノアの洪水——ノアとその家族が方舟（はこぶね）に乗り大洪水の難から逃れる、『旧約聖書』に記されたエピソード。

4 リカード——アダム・スミスと並ぶイギリスの経済学者（一七七二～一八二三）。

問1 傍線部(ア)〜(オ)の漢字と同じ漢字を含むものを、次の各群の①〜⑤のうちから、それぞれ一つずつ選べ。

(ア) チクセキ
① ゾウチクしたばかりの家
② 原文からのチクゴヤク
③ ガンチクのある言葉
④ チクバの友との再会
⑤ 農耕とボクチクの歴史

(イ) フジョ
① 家族をフヨウする
② 遠方にフニンする
③ フセキを打つ
④ 免許証をコウフする
⑤ フソクの事態に備える

(ウ) タイリュウ
① 作業がトドコオる
② 義務をオコタる
③ 口座から振りカえる
④ 苦難にタえる
⑤ フクロの中に入れる

(エ) ジュウジ
① ジュウソク感を得る
② フクジュウを強いられる
③ アンジュウの地を探す
④ 列島をジュウダンする
⑤ ユウジュウフダンな態度

(オ)　コカツ

① 経済にカツリョクを与える
② 勝利をカツボウする
③ 大声でイッカツする
④ 説明をカツアイする
⑤ ホウカツ的な議論を行う

問2　傍線部Ａ「経済学という学問は、まさに、このヴェニスの商人を抹殺することから出発した」とあるが、それはどういうことか。その説明として最も適当なものを、次の①～⑤のうちから一つ選べ。

① 経済学という学問は、差異を用いて莫大な利潤を得る仕組みを暴き、そうした利潤追求の不当性を糾弾することから始まったということ。

② 経済学という学問は、差異を用いて利潤を生み出す産業資本主義の方法を排除し、重商主義に挑戦することから始まったということ。

③ 経済学という学問は、差異が利潤をもたらすという認識を退け、人間の労働を富の創出の中心に位置づけることから始まったということ。

④ 経済学という学問は、労働する個人が富を得ることを否定し、国家の富を増大させる行為を推

進することから始まったということ。

⑤　経済学という学問は、地域間の価格差を利用して利潤を得る行為を批判し、労働者の人権を擁護することから始まったということ。

問３　傍線部Ｂ「技術、通信、文化、広告、教育、娯楽といったいわば情報そのものを商品化する新たな資本主義の形態」とあるが、この場合、「情報そのもの」が「商品化」されるとはどういうことか。その具体的な説明として最も適当なものを、次の①～⑤のうちから一つ選べ。

①　多くの労力を必要とする工業生産物よりも、開発に多くの労力を前提としない特許や発明といった技術の方が、商品としての価値をもつようになること。

②　刻一刻と変動する株価などの情報を、誰もが同時に入手できるようになったことで、通信技術や通信機器が商品としての価値をもつようになること。

③　広告媒体の多様化によって、工業生産物それ自体の創造性や卓越性を広告が正確にうつし出せるようになり、商品としての価値をもつようになること。

④　個人向けに開発された教材や教育プログラムが、情報通信網の発達により一般向けとして広く普及したために、商品としての価値をもつようになること。

⑤ 多チャンネル化した有料テレビ放送が提供する多種多様な娯楽のように、各人の好みに応じて視聴される番組が、商品としての価値をもつようになること。

問4 傍線部C「伝統的な経済学の『錯覚』」とあるが、それはどういうことか。その説明として最も適当なものを、次の①～⑤のうちから一つ選べ。

① 産業資本主義の時代に、農村から都市に流入した労働者が商品そのものの価値を決定づけたために、伝統的な経済学は、価値を定める主体を富の創造者として実体化してしまったということ。

② 産業資本主義の時代に、都市の資本家が農村から雇用される工場労働者を管理していたために、伝統的な経済学は、労働力を管理する主体を富の創造者と仮定してしまったということ。

③ 産業資本主義の時代に、大量生産を可能にする工場制度が労働者の生産性を上昇させたために、伝統的な経済学は、大きな剰余価値を生み出す主体を富の創造者と認定してしまったということ。

④ 産業資本主義の時代に、都市の資本家が利潤を創出する価値体系の差異を積極的に媒介していたために、伝統的な経済学は、その差異を媒介する主体を利潤の源泉と見なしてしまったということ。

⑤ 産業資本主義の時代に、農村の過剰な人口が労働者の生産性と実質賃金率の差異を安定的に支

えていたために、伝統的な経済学は、労働する主体を利潤の源泉と認識してしまったということ。

問5 傍線部Ｄ「『人間』は、この資本主義の歴史のなかで、一度としてその中心にあったことはなかった」とあるが、それはどういうことか。本文全体の内容に照らして最も適当なものを、次の①〜⑤のうちから一つ選べ。

① 商業資本主義の時代においては、商業資本主義の体現者としての「ヴェニスの商人」が、遠隔地相互の価格の差異を独占的に媒介することで利潤を生み出していたので、利潤創出に参加できなかった「人間」の自己愛には深い傷が刻印されることになった。

② アダム・スミスは『国富論』において、真の富の創造者を勤勉に労働する人間に見いだし、旧来からの交易システムを成立させていた「ヴェニスの商人」を市場から退場させることで、資本主義が傷つけた「人間」の自己愛を回復させようと試みた。

③ 産業資本主義の時代においては、労働する「人間」中心の経済が達成されたように見えたが、そこにも差異を媒介する働きをもった、利潤創出機構としての「ヴェニスの商人」は内在し続けたため、「人間」が主体として資本主義にかかわることはなかった。

④ マルクスはその経済学において、人間相互の関係によってつくりだされた価値が商品そのもの

の価値として実体化されることを物神化と名付けたが、主体としての「人間」もまた認識論的錯覚のなかで物神化され、資本主義社会における商品となってしまった。

⑤ ポスト産業資本主義の時代においては、希少化した「人間」がもはや利潤の源泉と見なされることはなく、価値や富の中心が情報に移行してしまったために、アダム・スミスの意図した「人間主義宣言」は完全に失効したことが明らかとなった。

問6 この文章の表現について、次の(i)・(ii)の各問いに答えよ。

(i) 波線部Xのダッシュ記号「——」のここでの効果を説明するものとして**適当でないもの**を、次の①〜④のうちから一つ選べ。

① 直前の内容とひと続きであることを示し、語句のくり返しを円滑に導く効果がある。

② 表現の間(ま)を作って注意を喚起し、筆者の主張を強調する効果がある。

③ 直前の語句に注目させ、抽象的な概念についての確認を促す効果がある。

④ 直前の語句で立ち止まらせ、断定的な結論の提示を避ける効果がある。

（ii）この文章の構成の説明として最も適当なものを、次の①～④のうちから一つ選べ。

①　人間の主体性についての問題を提起することから始まり、経済学の視点から資本主義の歴史を起源にさかのぼって述べ、商業資本主義と産業資本主義を対比し相違点を明確にした後、今後の展開を予測している。

②　差異が利潤を生み出すことを本義とする資本主義において、人間が主体的立場になかったことを検証した後、その理由を歴史的背景から分析し、最後に人間の自己愛に関する結論を提示している。

③　人間の自己愛に隠された傷があることを指摘した後で、差異が利潤を生み出すという基本的な資本主義の原理をふまえてその事例の特徴を検証し、最後に冒頭で提起した問題についての見解を述べている。

④　差異が利潤を生み出すという結論から資本主義の構造と人間の関係を検証し、人間の労働を価値の源泉とする経済学の理論にもとづいて、具体的な事例をあげて産業資本主義の問題を演繹(えんえき)的に論じている。

問題2　第4講「空所補充問題」のコツ

▼76ページ参照
目標解答時間10分

次の文章を読んで、後の問いに答えよ。（編集上の都合により一部省略しています）

本書（注1）ではこれまで、さまざまなフィールドのデザインについて言及してきた。ここで、本書で用いてきたデザインという語についてまとめてみよう。一般にデザインということばは、ある目的を持って意匠・考案・立案すること、つまり意図的に形づくること、と、その形づくられた構造を意味する。これまで私たちはこのことばを拡張した意味に用いてきた。ものの形ではなく、ひとのふるまいと世界のあらわれについて用いてきた。

こうした意味でのデザインをどう定義するか。デザインを人工物とひとのふるまいの関係として表した新しい古典、ノーマン（注2）の『誰のためのデザイン』の中を探してみても、特に定義は見つからない。ここではその説明を試みることで、私たちがデザインという概念をどう捉えようとしているのかを示そうと思う。

辞書によれば「デザイン」のラテン語の語源は〝de signare〟つまり〝to mark〟、印を刻むことだという。人間は与えられた環境をそのまま生きることをしなかった。自分たちが生きやすいように自然環境に印を

5

10

刻み込み、自然を少しずつ文明に近づけていったと考えられる。それは大地に並べた石で土地を区分することや、太陽の高さで時間の流れを区分することなど、広く捉えれば今ある現実に「人間が手を加えること」だと考えられる。

私たちはこうした自分たちの活動のための環境の改変を、人間の何よりの特徴だと考える。そしてこうした環境の加工を、デザインということばで表そうと思う。デザインすることはまわりの世界を「人工物化」することだと言いかえてみたい。自然を人工物化したり、そうした人工物を再人工物化したりということを、私たちは繰り返してきたのだ。英語の辞書にはこのことを表すのに適切だと思われる〝artificialize〟という単語を見つけることができる。アーティフィシャルな、つまりひとの手の加わったものにするという意味である。

デザインすることは今ある秩序（または無秩序）を変化させる。現行の秩序を別の秩序に変え、異なる意味や価値を与える。例えば本にページ番号をふることで、本には新しい秩序が生まれる。それは任意の位置にアクセス可能である、という、ページ番号をふる以前にはなかった秩序である。この小さな工夫が本という人工物の性質を大きく変える。他にも、一日の時の流れを二四分割すること、地名をつけて地図を作り番地をふること、などがこの例である。こうした工夫によって現実は人工物化／再人工物化され、これまでとは異なった秩序として私たちに知覚されるようになる。（中略）

今とは異なるデザインを共有するものは、今ある現実の別のバージョンを知覚することになる。あるモ

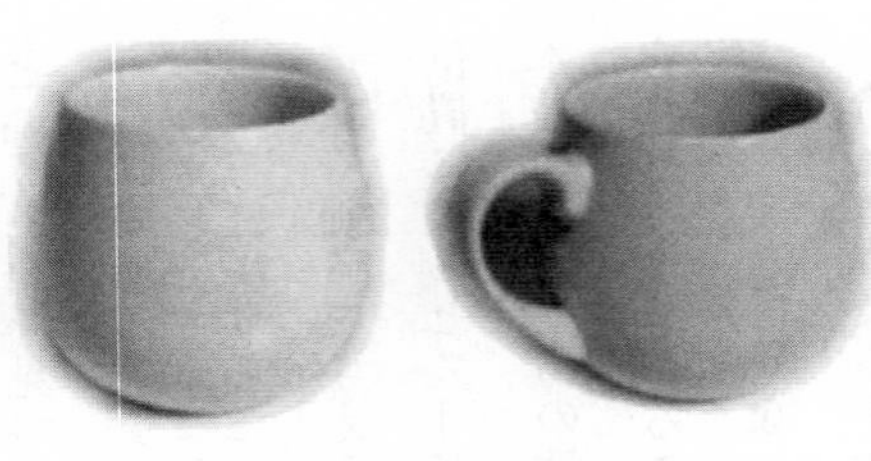

図1　持ち手をつけたことでのアフォーダンスの変化

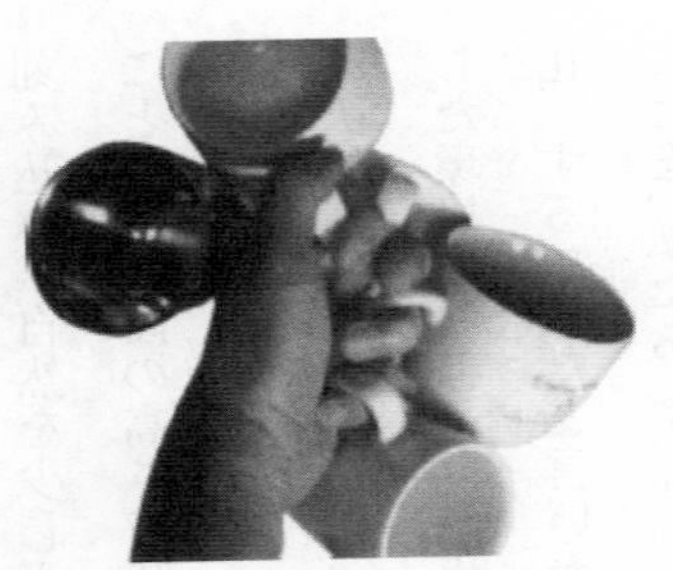

図2　アフォーダンスの変化による行為の可能性の変化

ノ・コトに手を加え、新たに人工物化し直すこと、つまりデザインすることで、世界の意味は違って見える。例えば、図1のように、湯飲み茶碗（ちゃわん）に持ち手をつけると珈琲（コーヒー）カップになり、指に引っ掛けて持つことができるようになる。このことでモノから見て取れるモノの扱い方の可能性、つまりアフォーダンスの情報が変化する。

モノはその物理的なたたずまいの中に、モノ自身の扱い方の情報を含んでいる、というのがアフォーダンスの考え方である。鉛筆なら「つまむ」という情報が、バットなら「にぎる」という情報が、モノ自身から使用者に供される（アフォードされる）。バットをつまむのは、バットの形と大きさを一見するだけで無理だろう。鉛筆をにぎったら、突き刺すのには向くが書く用途には向かなくなってしまう。

こうしたモノの物理的な形状の変化はひとのふるまいの変化につながる。持ち手がついたことで、両手の指に一個ずつ引っ掛けるといっぺんに十個のカップを運べる。

ふるまいの変化はこころの変化につながる。たくさんあるカップを片手にひとつずつ、ひと時に二個ずつ片付けているウェイターを見たら、雇い主はいらいらするに違いない。持ち手をつけることで、カップの可搬性が変化する。ウェイターにとってのカップの可搬性は、持ち手をつける前と後では異なる。もっとたくさんひと時に運べるそのことは、ウェイターだけでなく雇い主にも同時に知覚可能な現実である。ただ単に可搬性にだけ変化があっただけではない。これらの「容器に関してひとびとが知覚可能な現実」そのものが変化しているのである。

ここで本書の内容にかなったデザインの定義を試みると、デザインとは「対象に異なる秩序を与えること」と言える。デザインには、物理的な変化が、アフォーダンスの変化が、ふるまいの変化が、こころの変化が、現実の変化が伴う。例えば私たちははき物をデザインしてきた。裸足(はだし)では、ガレ場(注３)、熱い砂、ガラスの破片がちらばった床、は怪我(けが)をアフォードする危険地帯で踏み込めない。はき物はその知覚可能な現実を変える。私たち現代人の足の裏は、炎天下の浜辺の乾いた砂の温度に耐えられない。これは人間というハードウェアの性能の限界であり、いわばどうしようもない運命である。その運命を百円のビーチサンダルがまったく変える。自然の摂理が創り上げた運命をこんな簡単な工夫が乗り越えてしまう。はき物が、自転車が、電話が、電子メールが、私たちの知覚可能な現実を変化させ続けていることは、その当たり前の便利さを失ってみれば身にしみて理解されることである。そしてまたその現実が、相互反映的にまた異なる人工物を日々生み出していることも。

（有元典文(ありもとのりふみ)・岡部大介(おかべだいすけ)『デザインド・リアリティ――集合的達成の心理学』による）

45 50 55

（注）1　本書ではこれまで、さまざまなフィールドのデザインについて言及してきた。――本文より前のところで、コスプレや同人誌など現代日本のサブカルチャーが事例としてあげられていたことを受けている。

2　ノーマン――ドナルド・ノーマン（一九三五〜）。アメリカの認知科学者。

3　ガレ場――岩石がごろごろ転がっている急斜面。

問　傍線部「図1のように」とあるが、次に示すのは、四人の生徒が本文を読んだ後に**図1**と**図2**について話している場面である。本文の内容をふまえて、空欄に入る最も適当なものを、後の①〜⑤のうちから一つ選べ。

生徒A――たしかに湯飲み茶碗に**図1**のように持ち手をつければ、珈琲カップとして使うことができるようになるね。

生徒B――それだけじゃなく、湯飲み茶碗では運ぶときに重ねるしかないけど、持ち手があれば**図2**みたいに指を引っ掛けて持つことができるから、一度にたくさん運べるよ。

生徒C――それに、湯飲み茶碗は両手で支えて持ち運ぶけど、持ち手があれば片手でも運べるね。

生徒D――でも、湯飲み茶碗を片手で持つこともできるし、一度にたくさん運ぶ必要がなければ珈琲カップを両手で支えて持つことだってできるじゃない。

生徒B――なるほど。指で引っ掛けて運べるようになったからといって、たとえウェイターであっても、常に**図2**のような運び方をするとは限らないね。

生徒A――では、デザインを変えたら、変える前と違った扱いをしなきゃいけないわけではないってことか。

生徒C――それじゃ、デザインを変えたら扱い方を必ず変えなければならないということではなくて、［　　］ということになるのかな。

生徒D――そうか、それが、「今とは異なるデザインを共有する」ことによって、「今ある現実の別のバージョンを知覚することになる」ってことなんだ。

生徒C――まさにそのとおりだね。

① どう扱うかは各自の判断に任されていることがわかる
② デザインが変わると無数の扱い方が生まれることを知る
③ ものの見方やとらえ方を変えることの必要性を実感する
④ 立場によって異なる世界が存在することを意識していく
⑤ 形を変える以前とは異なる扱い方ができることに気づく

問題3　第5講「論理的・実用的文章」

▼94ページ参照

目標解答時間20分

次の【資料Ⅰ】は、【資料Ⅱ】と【文章】を参考に作成しているポスターである。【資料Ⅱ】は著作権法（二〇一六年改正）の条文の一部であり、【文章】は名和小太郎（なわこたろう）の『著作権2・0　ウェブ時代の文化発展をめざして』（二〇一〇年）の一部である。これらを読んで、後の問い（問1～6）に答えよ。なお、設問の都合で【文章】の本文の段落に1～18の番号を付し、表記を一部改めている。

【資料Ⅰ】

著作権のイロハ

著作物とは（「著作権法」第二条の一より）

☑「思想または感情」を表現したもの
☑思想または感情を「創作的」に表現したもの
☑思想または感情を「表現」したもの
☑「文芸、学術、美術、音楽の範囲」に属するもの

著作物の例

言語	音楽
・小説 ・脚本 ・講演　等	・楽曲 ・楽曲を伴う歌詞　等

舞踏・無言劇	美術	地図・図形
・ダンス ・日本舞踊 ・振り付け　等	・絵画 ・版画 ・彫刻　等	・学術的な図面 ・図表 ・立体図　等

著作権の例外規定（権利者の了解を得ずに著作物を利用できる）

〈例〉市民楽団が市民ホールで行う演奏会

【例外となるための条件】

a

【資料Ⅱ】

「著作権法」（抄）

（目的）

第一条　この法律は、著作物並びに実演、レコード、放送及び有線放送に関し著作者の権利及びこれに隣接する権利を定め、これらの文化的所産の公正な利用に留意しつつ、著作者等の権利の保護を図り、もつて文化の発展に寄与することを目的とする。

（定義）

第二条　この法律において、次の各号に掲げる用語の意義は、当該各号に定めるところによる。

一　著作物　思想又は感情を創作的に表現したものであつて、文芸、学術、美術又は音楽の範囲に属するものをいう。

二　著作者　著作物を創作する者をいう。

三　実演　著作物を、演劇的に演じ、舞い、演奏し、歌い、口演し、朗詠し、又はその他の方法により演ずること（これらに類する行為で、著作物を演じないが芸能的な性質を有するものを含む。）をいう。

（技術の開発又は実用化のための試験の用に供するための利用）

第三十条の四　公表された著作物は、著作物の録音、録画その他の利用に係る技術の開発又は実用化のための試験の用に供する場合には、その必要と認められる限度において、利用することができる。

（営利を目的としない上演等）

第三十八条　公表された著作物は、営利を目的とせず、かつ、聴衆又は観衆から料金（いずれの名義をもつてするかを問わず、著作物の提供又は提示につき受ける対価をいう。以下この条において同じ。）を受けない場合には、公に上演し、演奏し、上映し、又は口述することができる。ただし、当該上演、演奏、上映又は口述について実演家又は口述を行う者に対し報酬が支払われる場合は、この限りでない。

（時事の事件の報道のための利用）

第四十一条　写真、映画、放送その他の方法によつて時事の事件を報道する場合には、当該事件を構成し、又は当該事件の過程において見られ、若しくは聞かれる著作物は、報道の目的上正当な範囲内において、複製し、及び当該事件の報道に伴つて利用することができる。

【文章】

1 著作者は最初の作品を何らかの実体――記録メディア――に載せて発表する。その実体は紙であったり、カンバスであったり、空気振動であったり、光ディスクであったりする。この最初の作品をそれが載せられた実体とともに「原作品」――オリジナル――と呼ぶ。

キーワード	排除されるもの
思想または感情	外界にあるもの(事実、法則など)
創作的	ありふれたもの
表現	発見、着想
文芸、学術、美術、音楽の範囲	実用のもの

表1 著作物の定義

2 著作権法は、じつは、この原作品のなかに存在するエッセンスを引き出して「著作物」と定義していることになる。そのエッセンスとは何か。記録メディアから剥がされた記号列[A]になる。著作権が対象とするものは原作品ではなく、この記号列としての著作物である。

3 論理的には、著作権法のコントロール対象は著作物である。しかし、そのコントロールは著作物という概念を介して物理的な実体――複製物など――へと及ぶのである。現実の作品は、物理的には、あるいは消失し、あるいは拡散してしまう。だが著作権法は、著作物を頑丈な概念として扱う。

4 もうひと言。著作物は、かりに原作品が壊されても盗まれても、保護期間内であれば、そのまま存続する。また、破れた書籍のなかにも、音程を外した歌唱のなかにも、存在する。現代のプラトニズム、とも言える。

5 著作物は、多様な姿、形をしている。繰り返せば、テキストに限っても――

―そして保護期間について眼をつむれば――それは神話、叙事詩、叙情詩、法典、教典、小説、哲学書、歴史書、新聞記事、理工系論文に及ぶ。いっぽう、表1の定義にガッチ(ア)するものを上記の例示から拾うと、もっともテキゴウ(イ)するものは叙情詩、逆に、定義になじみにくいものが理工系論文、あるいは新聞記事ということになる。理工系論文、新聞記事には、表1から排除される要素を多く含んでいる。

6 ということで、著作権法にいう著作物の定義は叙情詩をモデルにしたものであり、したがって、著作権の扱いについても、その侵害の有無を含めて、この叙情詩モデルを通しているのである。それはテキストにとどまらない。地図であっても、伽藍(がらん)であっても、ラップであっても、プログラムであっても、それを叙情詩として扱うのである。

7 だが、ここには無方式主義(注1)という原則がある。このために、著作権法は叙情詩モデルを尺度として使えば排除されてしまうようなものまで、著作物として認めてしまうことになる。

8 叙情詩モデルについて続ける。このモデルの意味を確かめるために、その特性を表2として示そう。比較のために叙情詩の対極にあると見られる理工系論文の特性も並べておく。

	叙情詩型	理工系論文型
何が特色	表現	着想、論理、事実
誰が記述	私	誰でも
どんな記述法	主観的	客観的
どんな対象	一回的	普遍的
他テキストとの関係	なし（自立的）	累積的
誰の価値	自分	万人

表２ テキストの型

9 B表2は、具体的な著作物——テキスト——について、表1を再構成したものである。ここに見るように、叙情詩型のテキストの特徴は、「私」が「自分」の価値として「一回的」な対象を「主観的」に「表現」として示したものとなる。逆に、理工系論文の特徴は、「誰」かが「万人」の価値として「普遍的」な対象について「客観的」に「着想」や「論理」や「事実」を示すものとなる。

10 話がくどくなるが続ける。二人の詩人が「太郎を眠らせ、太郎の屋根に雪ふりつむ。」(注2)というテキストを同時にべつべつに発表することは、確率的に見てほとんどゼロである。このように、叙情詩型のテキストであれば、表現の希少性は高く、したがってその著作物性——著作権の濃さ——は高い。

11 いっぽう、誰が解読しても、特定の生物種の特定の染色体の特定の遺伝子に対するＤＮＡ配列は同じ表現になる。こちらの著作物性は低く、したがって著作権法のコントロール領域の外へはじき出されてしまう。その記号列にどれほど研究者のアイデンティティが凝縮していようと、どれほどコストや時間が投入されていようと、どれほどの財産的な価値があろうとも、である。じつは、この型のテキストの価値は内容にある。その内容とはテキストの示す着想、論理、事実、さらにアルゴリズム(注3)、発見などに及ぶ。

12 多くのテキスト——たとえば哲学書、未来予測シナリオ、歴史小説——は叙情詩と理工系論文とを(ウ)リョウタンとするスペクトル(注4)のうえにある。その著作物性については、そのスペクトル上の位置を参照すれば、およその見当はつけることができる。

35

40

45

⑬ 表2から、どんなテキストであっても、「表現」と「内容」とを二重にもっている、という理解を導くこともできる。それはフェルディナン・ド・ソシュール（注5）の言う「記号表現」と「記号内容」に相当する。叙情詩尺度は、つまり著作権法は、このうち前者に注目し、この表現のもつ価値の程度によって、その記号列が著作物であるのか否かを判断するものである。ここに見られる表現の抽出と内容の排除を、法学の専門家は「表現／内容の二分法」と言う。

⑭ いま価値というあいまいな言葉を使ったが、およそ何であれ、「ありふれた表現」でなければ、つまり希少性があれば、それには価値が生じる。著作権法は、テキストの表現の希少性に注目し、それが際立っているものほど、そのテキストは濃い著作権をもつ、逆であれば薄い著作権をもつと判断するのである。この二分法は著作権訴訟においてよく言及される。争いの対象になった著作物の特性がより叙情詩型なのか、そうではなくてより理工系論文型なのか、この判断によって侵害のありなしを決めることになる。

⑮ 著作物に対する操作には、著作権に関係するものと、そうではないものとがある。前者を著作権の「利用」と言う。そのなかには多様な手段があり、これをまとめると表3となる。「コピーライト」という言葉は、この操作をすべてコピーとみなすものである。その「コピー」は日常語より多義的である。

⑯ 表3に示した以外の著作物に対する操作を著作物の「使用」と呼ぶ。この使用に対して著作権法ははたらかない。何が「利用」で何が「使用」か。その判断基準は明らかでない。

<table>
<tr><th colspan="2">著作物
利用目的</th><th>固定型</th><th>散逸型</th><th>増殖型</th></tr>
<tr><td colspan="2">そのまま</td><td>展示</td><td>上映、演奏</td><td>――――</td></tr>
<tr><td colspan="2">複製</td><td>フォトコピー</td><td>録音、録画</td><td>デジタル化</td></tr>
<tr><td colspan="2">移転</td><td>譲渡、貸与</td><td colspan="2">放送、送信、ファイル交換</td></tr>
<tr><td rowspan="2">二次的利用</td><td>変形</td><td colspan="3">翻訳、編曲、脚色、映画化、パロディ化
リバース・エンジニアリング(注6)</td></tr>
<tr><td>組込み</td><td colspan="3">編集、データベース化</td></tr>
</table>

表３　著作物の利用行為（例示）

[17] 著作物の使用のなかには、たとえば、書物のエツラン(エ)、建築への居住、プログラムの実行などが含まれる。したがって、海賊版の出版は著作権に触れるが、海賊版の読書に著作権は関知しない。じつは、利用や使用の事前の操作として著作物へのアクセスという操作がある。これも著作権とは関係がない。

[18] このように、著作権法は「利用／使用の二分法」も設けている。この二分法がないと、著作物の使用、著作物へのアクセスまでも著作権法がコントロールすることとなる。このときコントロールはカジョウ(オ)となり、正常な社会生活までも抑圧してしまう。たとえば、読書のつど、居住のつど、計算のつど、その人は著作者に許可を求めなければならない。ただし、現実には利用と使用との区別が困難な場合もある。

（注）
1　無方式主義――著作物の誕生とともに著作権も発生するという考え方。
2　「太郎を眠らせ、太郎の屋根に雪ふりつむ。」――三好達治「雪」の一節。
3　アルゴリズム――問題を解決する定型的な手法・技法や演算手続きを指示する規則。
4　スペクトル――多様なものをある観点に基づいて規則的に配列したもの。

5　フェルディナン・ド・ソシュール ―― スイス生まれの言語学者（一八五七～一九一三）。
6　リバース・エンジニアリング ―― 一般の製造手順とは逆に、完成品を分解・分析してその仕組み、構造、性能を調べ、新製品に取り入れる手法。

問1 傍線部(ア)～(オ)に相当する漢字を含むものを、次の各群の①～⑤のうちから、それぞれ一つずつ選べ。

(ア) ガッチする
① チメイ的な失敗
② 火災ホウチ器
③ チセツな表現
④ チミツな頭脳
⑤ 再考のヨチがある

(イ) テキゴウする
① プロにヒッテキする実力
② テキドに運動する
③ 窓にスイテキがつく
④ ケイテキを鳴らす
⑤ 脱税をテキハツする

(ウ) リョウタン
① タンセイして育てる
② 負傷者をタンカで運ぶ
③ 経営がハタンする
④ ラクタンする
⑤ タンテキに示す

(エ) エツラン
① 橋のランカンにもたれる
② シュツランの誉れ
③ ランセの英雄
④ イチランに供する
⑤ 事態はルイランの危うきにある

(オ) カジョウ

① ジョウヨ金
② ジョウチョウな文章
③ 米からジョウゾウする製法
④ 金庫のセジョウ
⑤ 家庭のジョウビ薬

問２ 傍線部Ａ「記録メディアから剝がされた記号列」とあるが、それはどういうものか。**【資料Ⅱ】**を踏まえて考えられる例として最も適当なものを、次の①〜⑤のうちから一つ選べ。

① 実演、レコード、放送及び有線放送に関するすべての文化的所産。
② 小説家が執筆した手書きの原稿を活字で印刷した文芸雑誌。
③ 画家が制作した、消失したり散逸したりしていない美術品。
④ 作曲家が音楽作品を通じて創作的に表現した思想や感情。
⑤ 著作権法ではコントロールできないオリジナルな舞踏や歌唱。

問3 **【文章】**における著作権に関する説明として最も適当なものを、次の①～⑤のうちから一つ選べ。

① 著作権に関わる著作物の操作の一つに「利用」があり、著作者の了解を得ることなく行うことができる。音楽の場合は、そのまま演奏すること、録音などの複製をすること、編曲することなどがそれにあたる。

② 著作権法がコントロールする著作物は、叙情詩モデルによって定義づけられるテキストである。したがって、叙情詩、教典、小説、歴史書などがこれにあたり、新聞記事や理工系論文は除外される。

③ 多くのテキストは叙情詩型と理工系論文型に分類することが可能である。この「二分法」の考え方に立つことで、著作権訴訟においては、著作権の侵害の問題について明確な判断を下すことができている。

④ 著作権について考える際には、「著作物性」という考え方が必要である。なぜなら、遺伝子のDNA配列のように表現の希少性が低いものも著作権法によって保護できるからである。

⑤ 著作物にあたるどのようなテキストも、「表現」と「内容」を二重にもつ。著作権法は、内容を排除して表現を抽出し、その表現がもつ価値の程度によって著作物にあたるかどうかを判断している。

問４　傍線部B「表2は、具体的な著作物——テキスト——について、表1を再構成したものである。」とあるが、その説明として最も適当なものを、次の①～⑤のうちから一つ選べ。

① 「キーワード」と「排除されるもの」とを対比的にまとめて整理する**表1**に対し、**表2**では、「テキストの型」の観点から**表1**の「排除されるもの」の定義をより明確にしている。

② 「キーワード」と「排除されるもの」の二つの特性を含むものを著作物とする**表1**に対し、**表2**では、叙情詩型と理工系論文型とを対極とするテキストの特性によって著作物性を定義している。

③ 「キーワード」や「排除されるもの」の観点で著作物の多様な類型を網羅する**表1**に対し、**表2**では、著作物となる「テキストの型」の詳細を整理して説明をしている。

④ 叙情詩モデルの特徴と著作物から排除されるものとを整理している**表1**に対し、**表2**では、叙情詩型と理工系論文型の特性の違いを比べながら、著作物性の濃淡を説明している。

⑤ 「排除されるもの」を示して著作物の範囲を定義づける**表1**に対し、**表2**では、叙情詩型と理工系論文型との類似性を明らかにして、著作物と定義されるものの特質を示している。

問5　【文章】の表現に関する説明として**適当でないもの**を、次の①～⑤のうちから一つ選べ。

①　第1段落第一文と第3段落第二文で用いられている「――」は、直前の語句である「何らかの実体」や「物理的な実体」を強調し、筆者の主張に注釈を加える働きをもっている。

②　第4段落第一文「もうひと言。」、第10段落第一文「話がくどくなるが続ける。」は、読者を意識した親しみやすい口語的な表現になっており、文章内容のよりいっそうの理解を促す工夫がなされている。

③　第4段落第四文「現代のプラトニズム、とも言える」、第13段落第二文「フェルディナン・ド・ソシュールの言う『記号表現』と『記号内容』に相当する」という表現では、哲学や言語学の概念を援用して自分の考えが展開されている。

④　第5段落第二文「叙情詩」や「理工系論文」、第13段落第一文「表現」と「内容」、第15段落第一文「著作権に関係するものと、そうではないもの」という表現では、それぞれの特質を明らかにするための事例が対比的に取り上げられている。

⑤　第16段落第二文「はたらかない」、第四文「明らかでない」、第17段落第二文「関知しない」、第四文「関係がない」という否定表現は、著作権法の及ばない領域を明らかにし、その現実的な運用の複雑さを示唆している。

問６　**【資料Ⅰ】**の空欄 a に当てはまるものを、次の①～⑥のうちから三つ選べ。ただし、解答の順序は問わない。

① 原曲にアレンジを加えたパロディとして演奏すること
② 楽団の営利を目的としていない演奏会であること
③ 誰でも容易に演奏することができる曲を用いること
④ 観客から一切の料金を徴収しないこと
⑤ 文化の発展を目的とした演奏会であること
⑥ 演奏を行う楽団に報酬が支払われないこと

問題4　第6講「文学的文章」Ⅰ・小説

126ページ参照

目標解答時間20分

次の文章は、複数の作家による『捨てる』という題の作品集に収録されている光原百合(みつはらゆり)の小説「ツバメたち」の全文である。この文章を読んで、後の問い(問1〜5)に答えよ。

〈一羽のツバメが渡りの旅の途中で立ち寄った町で、「幸福な王子」と呼ばれる像と仲良くなった。王子は町の貧しい人々の暮らしぶりをツバメから聞いて心を痛め、自分の体から宝石や金箔(きんぱく)を外して配るよう頼む。冬が近づいても王子の願いを果たすためにその町にとどまっていたツバメは、ついに凍え死んでしまった。それを知った王子の心臓は張り裂けた。金箔をはがされてみすぼらしい姿になった王子の像は溶かされてしまうが、二つに割れた心臓だけはどうしても溶けなかった。ツバメの死骸と王子の心臓は、ともにゴミ捨て場に捨てられた。その夜、「あの町からもっとも尊いものを二つ持ってきなさい」と神に命じられた天使が降りてきて、ツバメと王子の心臓を抱き、天国へと持ち帰ったのだった。

オスカー・ワイルド作「幸福な王子」より〉

A遅れてその町にやってきた若者は、なんとも風変わりだった。

5 10

つやのある黒い羽に敏捷（びんしょう）な身のこなし、実に見た目のいい若者だったから、南の国にわたる前、最後の骨休めをしながら翼の力をたくわえているあたしたちの群れに、問題なく受け入れられた。あたしの友だちの中にも彼に興味を示すものは何羽もいた。でも、彼がいつも夢のようなことばかり語るものだから――今まで見てきた北の土地について、これから飛んでいく南の国について、遠くを見るようなまなざしで語るばかりだったから、みんなそのうち興味をなくしてしまった。来年、一緒に巣をこしらえて子どもを育てる連れ合いには、そこらを飛んでいる虫を素早く見つけてたくさんつかまえてくれる若者がふさわしい。遠くを見るまなざしなど必要ない。

とはいえ嫌われるほどのことではないし、厳しい渡りの旅をともにする仲間は多いに越したことはないので、彼はあたしたちとそのまま一緒に過ごしていた。

そんな彼が翼繁（しげ）く通っていたのが、丘の上に立つ像のところだった。早くに死んでしまった身分の高い人間、「王子（プリンス）」と人間たちは呼んでいたが、その姿に似せて作った像だということだ。遠くからでもきらきら光っているのは、全身に金が貼ってあって、たいそう高価な宝石も使われているからだという。あたしたちには金も宝石も用はないが。

人間たちはこの像をひどく大切にしているようで、何かといえばそのまわりに集まって、列を作って歩くやら歌うやら踊るやら、(ア)ギョウギョウしく騒いでいた。

彼はその像の肩にとまって、あれこれとおしゃべりするのが好きなようだった。王子の像も嬉（うれ）しそうに

15

20

25

応じていた。

「一体何を、あんなに楽しそうに話しているの？」

彼にそう聞いてみたことがある。

「僕の見てきた北の土地や、まだ見ていないけれど話に聞く南の国のことをね。あの方はお気の毒に、人間として生きていらした間も、身分が高いせいでいつもお城の中で守られていて、そう簡単にはよその土地に行けなかったんだ。憧れていた遠い場所の話を聞けるのが、とても嬉しいと言ってくださってる」

「そりゃよかったわね」

あたしたちには興味のない遠い土地の話が、身分の高いお方とやらには嬉しいのだろう。誇らしげに話す彼の様子が腹立たしく、あたしはさっさと朝食の虫を捕まえに飛び立った。

やがて彼が、王子と話すだけでなく、そこから何かをくわえて飛び立って、町のあちこちに飛んでいく姿をよく見かけるようになった。南への旅立ちも近いというのに一体何をしているのか、あたしには不思議でならなかった。

風は日増しに冷たくなっていた。あたしたちの群れの長老が旅立ちの日を決めたが、それを聞いた彼は、自分は行かない、と答えたらしい。自分に構わず発(た)ってくれと。

30 35 40

仲間たちは皆、彼のことは放っておけと言ったが、あたしは気になった。いよいよ明日は渡りに発つという日、あたしは彼をつかまえ、逃げられないよう足を踏んづけておいてから聞いた。ここで何をしているのか、なにをするつもりなのか。

彼はあたしの方は見ずに、丘の上の王子の像を遠く眺めながら答えた。

「僕はあの方を飾っている宝石を外して、それから体に貼ってある金箔をはがして、貧しい人たちに持って行っているんだ。あの方に頼まれたからだ。あの方は、この町の貧しい人たちが食べ物も薪(まき)も薬も買えずに苦しんでいることを、ひどく気にしておられる。こんな悲しいことを黙って見ていることはできない、けれどご自分は台座から降りられない。だから僕にお頼みになった。僕が宝石や金箔を届けたら、おなかをすかせた若者がパンを、凍える子どもが薪を、病気の年寄りが薬を買うことができるんだ」

45

あたしにはよくわからなかった。

「どうしてあなたが、それをするの？」

50

「誰かがしなければならないから」

「だけど、どうしてあなたが、その『誰か』なの？　なぜあなたがしなければならないの？　ここにいたのでは、長く生きられないわよ」

55

あたしは重ねて聞いた。彼は馬鹿にしたような目で、ちらっとあたしを見た。

「君なんかには、僕らのやっていることの尊さは B わからないさ」

腹が立ったあたしは「勝手にすれば」と言って、足をのけた。彼ははばたいて丘の上へと飛んで行った。あたしはそれをただ見送った。

長い長い渡りの旅を終え、あたしたちは南の海辺の町に着いた。あたしは数日の間、海を見下ろす木の枝にとまって、沖のほうを眺めていた。彼が遅れて飛んで来はしないかと思ったのだ。しかし彼が現れることはなく、やがて嵐がやって来て、数日の間海を閉ざした。

この嵐は冬の(イ)トウライを告げるもので、北の町はもう、あたしたちには生きていけない寒さになったはずだと、年かさのツバメたちが話していた。

彼もきっと、もう死んでしまっているだろう。

彼はなぜ、あの町に残ったのだろうか。貧しい人たちを救うため、自分ではそう思っていただろう。あたしなどにはそんな志はわからないのだと。でも本当のところは、大好きな王子の喜ぶ顔を見たかっただけではないか。

そうして王子はなぜ、彼に使いを頼んだのだろう。貧しい人たちを救うため、自分ではそう思っていただろう。でも……。

まあいい。どうせあたしにはCわからない、どうでもいいことだ。春になればあたしたちは、また北の土地に帰っていく。あたしはそこで、彼のような遠くを見るまなざしなど持たず、近くの虫を見つけてせっ

60

65

70

せとつかまえ、子どもたちを一緒に育ててくれる若者とショタイを持つことだろう。

それでも、もしまた渡りの前にあの町に寄って「幸福な王子」の像を見たら、聞いてしまうかもしれない。

あなたはただ、自分がまとっていた重いものを、捨てたかっただけではありませんか。そして、命を捨てても自分の傍にいたいと思う者がただひとり、いてくれればいいと思ったのではありませんか——と。

（光原百合他『捨てる』による。）

75

問1 傍線部(ア)～(ウ)に相当する漢字を含むものを、次の各群の①～⑤のうちから、それぞれ一つずつ選べ。

(ア) ギョウギョウしく

① 会社のギョウセキを掲載する
② クギョウに耐える
③ 思いをギョウシュクした言葉
④ イギョウの鬼
⑤ ギョウテンするニュース

(イ) トウライ

① 孤軍フントウ
② 本末テントウ
③ トウイ即妙
④ 用意シュウトウ
⑤ 不偏フトウ

(ウ) ショタイを持つ

① アクタイをつく
② 新たな勢力のタイトウ
③ タイマンなプレー
④ 家庭のアンタイを願う
⑤ 秘書をタイドウする

問２ 傍線部Ａ「遅れてその町にやってきた若者は、なんとも風変わりだった。」にある「若者」の「風変わり」な点について説明する場合、本文中の波線を引いた四つの文のうち、どの文を根拠にするべきか。最も適当なものを、次の①〜④のうちから一つ選べ。

① つやのある黒い羽に敏捷な身のこなし、実に見た目のいい若者だったから、南の国にわたる前、最後の骨休めをしながら翼の力をたくわえているあたしたちの群れに、問題なく受け入れられた。
② あたしの友だちの中にも彼に興味を示すものは何羽もいた。
③ でも、彼がいつも夢のようなことばかり語るものだから――今まで見てきた北の土地について、これから飛んでいく南の国について、遠くを見るようなまなざしで語るばかりだったから、みんなそのうち興味をなくしてしまった。

④ とはいえ嫌われるほどのことではないし、厳しい渡りの旅をともにする仲間は多いに越したことはないので、彼はあたしたちとそのまま一緒に過ごしていた。

問3 傍線部B「わからないさ」及び傍線部C「わからない」について、「彼」と「あたし」はそれぞれどのような思いを抱いていたか。その説明として最も適当なものを、傍線部Bについては次の【Ⅰ群】の①～③のうちから、傍線部Cについては後の【Ⅱ群】の①～③のうちから、それぞれ一つずつ選べ。

【Ⅰ群】

① 南の土地に渡って子孫を残すというツバメとしての生き方に固執し、生活の苦しさから救われようと「王子」の像にすがる町の人々の悲痛な思いを理解しない「あたし」の利己的な態度に、軽蔑の感情を隠しきれない。

② 町の貧しい人たちを救おうとする「王子」と、命をなげうってそれを手伝う自分を理解するどころか、その行動を自己陶酔だと厳しく批判する「あたし」に、これ以上踏み込まれたくないと嫌気がさしている。

③ 群れの足並みを乱させまいとどう喝する「あたし」が、暴力的な振る舞いに頼るばかりで、「王

子」の行いをどれほど熱心に説明しても理解しようとする態度を見せないことに、裏切られた思いを抱き、失望している。

【Ⅱ群】

① 「王子」の像を金や宝石によって飾り、祭り上げる人間の態度は、ツバメである「あたし」にとっては理解できないものであり、そうした「王子」に生命をかけて尽くしている「彼」のこともまたいまだに理解しがたく感じている。

② 無謀な行動に突き進んでいこうとする「彼」を救い出す言葉を持たず、暴力的な振る舞いでかえって「彼」を突き放してしまったことを悔い、これから先の生活にもその後悔がついて回ることを恐れている。

③ 貧しい人たちを救うためというより、「王子」に尽くすためだけに「彼」は行動しているに過ぎないと思っているが、「彼」自身の拒絶によってふたりの関係に介入することもできず、割り切れない思いを抱えている。

問4　この小説は、オスカー・ワイルド「幸福な王子」のあらすじの記載から始まっている。この箇所（**X**）とその後の文章（**Y**）との関係はどのようなものか。その説明として適当なものを、次の①～⑥のうちから**二つ**選べ。

① **X**では、神の視点から「一羽のツバメ」と「王子」の自己犠牲的な行為が語られ、最後には救済が与えられることで普遍的な博愛の物語になっている。ツバメたちの視点から語り直す**Y**は、**X**に見られる神の存在を否定した上で、「彼」と「王子」のすれ違いを強調し、それによってもたらされた悲劇へと読み替えている。

② **X**の「王子」と「一羽のツバメ」の自己犠牲は、人々からは認められなかったものの、最終的には神によってその崇高さを保証される。**Y**でも、献身的な「王子」に「彼」が命を捨てて仕えただろうことが暗示されるが、その理由はいずれも、「あたし」によって、個人的な願望に基づくものへと読み替えられている。

③ **Y**では、「あたし」という感情的な女性のツバメの視点を通して、理性的な「彼」を批判し、超越的な神の視点も破棄している。こうして、「一羽のツバメ」と「王子」の英雄的な自己犠牲が神によって救済されるという**X**の幸福な結末を、「あたし」の介入によって、救いのない悲惨な結末へと読み替えている。

④ Ｙには、「あたし」というツバメが登場し、「王子」に向けた「彼」の言動の不可解さに言及する「あたし」の心情が中心化されている。「一羽のツバメ」と「王子」が誰にも顧みられることなく悲劇的に終わるＸを、Ｙは、「彼」と家庭を持ちたいという「あたし」の思いの成就を暗示する恋愛物語へと読み替えている。

⑤ Ｘは、愚かな人間たちによって捨てられた「一羽のツバメ」の死骸と「王子」の心臓が、天使によって天国に迎えられるという逆転劇の構造を持っている。その構造は、Ｙにおいて、仲間によって見捨てられた「彼」の死が「あたし」によって「王子」のための自己犠牲として救済されるという、別の逆転劇に読み替えられている。

⑥ Ｘでは、貧しい人々に分け与えるために宝石や金箔を外すという「王子」の自己犠牲的な行為は、「一羽のツバメ」の献身とともに賞賛されている。それに対して、Ｙでは、「王子」が命を捧げるように「彼」に求めつつ、自らは社会的な役割から逃れたいと望んでいるとして、捨てるという行為の意味が読み替えられている。

問５ 次の【Ⅰ群】のａ〜ｃの構成や表現に関する説明として最も適当なものを、後の【Ⅱ群】の①〜⑥のうちから、それぞれ一つずつ選べ。

【Ⅰ群】

a　1〜8行目のオスカー・ワイルド作「幸福な王子」の記載

b　13行目「彼がいつも夢のようなことばかり語るものだから――」の「――」

c　62行目以降の「あたし」のモノローグ（独白）

【Ⅱ群】

①　最終場面における物語の出来事の時間と、それを語っている「あたし」の現在時とのずれが強調されている。

②　「彼」の性質を端的に示した後で具体的な例が重ねられ、その性質に注釈が加えられている。

③　断定的な表現を避け、言いよどむことで、「あたし」が「彼」に対して抱く不可解さが強調されている。

④　「王子」の像も人々に見捨てられるという、「あたし」にも想像できなかった展開が示唆されている。

⑤　「あたし」の、「王子」や「彼」の行動や思いに対して揺れる複雑な心情が示唆されている。

⑥　自問自答を積み重ねる「あたし」の内面的な成長を示唆する視点が加えられている。

問題5 第7講「文学的文章」Ⅱ・詩&随筆

▼159ページ参照

目標解答時間20分

次の詩「紙」(『オンディーヌ』、一九七二年)とエッセイ「永遠の百合(ゆり)」(『花を食べる』、一九七七年)を読んで(ともに作者は吉原幸子(よしはらさちこ))、後の問い(**問1〜6**)に答えよ。なお、設問の都合でエッセイの本文の段落に1〜8の番号を付し、表記を一部改めている。

紙

愛ののこした紙片が
しらじらしく ありつづけることを
(ア)いぶかる

書いた ひとりの肉体の
重さも ぬくみも 体臭も
いまはないのに

こんなにも
もえやすく いのちをもたぬ
たった一枚の黄ばんだ紙が
こころより長もちすることの 不思議

いのち といふ不遜
一枚の紙よりほろびやすいものが
A何百枚の紙に 書きしるす 不遜

死のやうに生きれば
何も失はないですむだらうか
この紙のやうに　生きれば

さあ
ほろびやすい愛のために
乾杯
のこされた紙片に
乾杯
いのちが
蒼（あお）ざめそして黄ばむまで
（いのちでないものに近づくまで）
乾杯！

永遠の百合

1　あまり生産的とはいえない、さまざまの優雅な(イ)手すさびにひたれることは、女性の一つの美点でもあり、（何百年もの涙とひきかえの）特権であるのかもしれない。近ごろはアート・フラワーという分野も颯爽（さっそう）とそれに加わった。

2　去年の夏、私はある古い友だちに、そのような〝匂わない〟百合の花束をもらった。「秋になったら捨てて頂戴ね」という言葉を添えて。

3　私はびっくりし、そして考えた。これは謙虚か、傲慢か、ただのキザなのか。そんなに百合そっくりのつもりなのか、そうでないことを恥じているのか。人間が自然を真似（まね）る時、決して自然を超える自信がないのなら、いったいこの花たちは何なのだろう。心こめてにせものを造る人たちの、ほんものにかなわないという(ウ)いじらしさと、生理まで似せるつもりの思い上がりと。

4　枯れないものは花ではない。それを知りつつ枯れない花を造るのが、Bつくるということではないのか。――花そっくりの花も、花より美しい花もあってよい。それに香水をふりかけるもよい。だが造花が造花である限り、たった一つできないのは枯れることだ。そしてまた、たった一つできるのは枯れないことだ。

5　花でない何か。どこかで花を超えるもの。大げさに言うなら、ひと夏の百合を超える永遠の百合。そ

5

10

れをめざす時のみ、つくるという、真似るという、不遜な行為は許されるのだ。（と、私はだんだん昂奮（こうふん）してくる。）

6 絵画だって、ことばだってそうだ。一瞬を永遠のなかに定着する作業なのだ。個人の見、嗅いだものをひとつの生きた花とするなら、それはすべての表現にまして在るという重みをもつに決まっている。あえてそれを花を超える何かに変える――もどす――ことがたぶん、描くという行為なのだ。そのひそかな夢のためにこそ、私もまた手をこんなにノリだらけにしているのではないか。もし、もしも、ことばによって私の一瞬を枯れない花にすることができたら！

7 ――ただし、（と私はさめる。秋になったら……の発想を、はじめて少し理解する。）「私の」永遠は、たかだかあと三十年――歴史上、私のような古風な感性の絶滅するまでの短い期間――でよい。何故（なぜ）なら、（ああ何という不変の真理！）死なないものはいのちではないのだから。

8 私は百合を捨てなかった。それは造ったものの分までうしろめたく蒼ざめながら、今も死なないまま、私の部屋に立っている。

15

20

25

問１ 傍線部(ア)〜(ウ)の本文中における意味として最も適当なものを、次の各群の①〜⑤のうちから、それぞれ一つずつ選べ。

(ア)「いぶかる」
① うるさく感じる
② 誇らしく感じる
③ 冷静に考える
④ 気の毒に思う
⑤ 疑わしく思う

(イ)「手すさび」
① 思いがけず出てしまう無意識の癖
② 多くの労力を必要とする創作
③ いつ役に立つとも知れない訓練
④ 必要に迫られたものではない遊び
⑤ 犠牲に見合うとは思えない見返り

(ウ) 「いじらしさ」

① 不満を覚えず自足する様子
② 自ら蔑み萎縮している様子
③ けなげで同情を誘う様子
④ 配慮を忘れない周到な様子
⑤ 見るに堪えない悲痛な様子

問2 傍線部A「何百枚の紙に　書きしるす　不遜」とあるが、どうして「不遜」と言えるのか。エッセイの内容を踏まえて説明したものとして最も適当なものを、次の①〜⑤のうちから一つ選べ。

① そもそも不可能なことであっても、表現という行為を繰り返すことで、あたかも実現が可能なように偽るから。

② はかなく移ろい終わりを迎えるほかないものを、表現という行為を介して、いつまでも残そうとたくらむから。

③ 心の中にわだかまることからも、表現という行為を幾度も重ねていけば、いずれは解放されると思い込むから。

④ 空想でしかあり得ないはずのものを、表現という行為を通じて、実体として捉えたかのように

見せかけるから。

⑤ 滅びるものの美しさに目を向けず、表現という行為にこだわることで、あくまで永遠の存在に価値を置くから。

問3 傍線部B「つくるということ」とあるが、その説明として最も適当なものを、次の①～⑤のうちから一つ選べ。

① 対象をあるがままに引き写し、対象と同一化できるものを生み出そうとすること。
② 対象を真似てはならないと意識をしながら、それでもにせものを生み出そうとすること。
③ 対象に謙虚な態度で向き合いつつ、あえて類似するものを生み出そうとすること。
④ 対象を真似ながらも、どこかに対象を超えた部分をもつものを生み出そうとすること。
⑤ 対象の捉え方に個性を発揮し、新奇な特性を追求したものを生み出そうとすること。

問4 傍線部C「在るという重み」とあるが、その説明として最も適当なものを、次の①～⑤のうちから一つ選べ。

① 時間的な経過に伴う喪失感の深さ。
② 実物そのものに備わるかけがえのなさ。
③ 感覚によって捉えられる個性の独特さ。
④ 主観の中に形成された印象の強さ。
⑤ 表現行為を動機づける衝撃の大きさ。

問5 傍線部D「私はさめる」とあるが、その理由として最も適当なものを、次の①～⑤のうちから一つ選べ。

① 現実世界においては、造花も本物の花も同等の存在感をもつことを認識したから。
② 創作することの意義が、日常の営みを永久に残し続けることにもあると理解したから。
③ 花をありのままに表現しようとしても、完全を期することはできないと気付いたから。
④ 作品が時代を超えて残ることに違和感を抱き、自分の感性も永遠ではないと感じたから。

⑤　友人からの厚意を理解もせずに、身勝手な思いを巡らせていることを自覚したから。

問6　詩「紙」とエッセイ「永遠の百合」の表現について、次の(i)・(ii)の問いに答えよ。

(i)　次の文は詩「紙」の表現に関する説明である。文中の空欄 **a** ・ **b** に入る語句の組合せとして最も適当なものを、後の①〜④のうちから一つ選べ。

> 対比的な表現や **a** を用いながら、第一連に示される思いを **b** に捉え直している。

① a―擬態語　　b―演繹(えんえき)的
② a―倒置法　　b―反語的
③ a―反復法　　b―帰納的
④ a―擬人法　　b―構造的

(ii) エッセイ「永遠の百合」の表現に関する説明として最も適当なものを、次の①～④のうちから一つ選べ。

① 第４段落における「たった一つできないのは枯れることだ。そしてまた、たった一つできるのは枯れないことだ」では、対照的な表現によって、枯れないという造花の欠点が肯定的に捉え直されている。

② 第５段落における「（と、私はだんだん昂奮してくる。）」には、第三者的な観点を用いて「私」の感情の高ぶりが強調されており、混乱し揺れ動く意識が臨場感をもって印象づけられている。

③ 第６段落における「――もどす――」に用いられている「――」によって、「私」の考えや思いに余韻が与えられ、「花」を描くことに込められた「私」の思い入れの深さが強調されている。

④ 第７段落における「『私の』永遠」の「私の」に用いられている「　」には、「永遠」という普遍的な概念を話題に応じて恣意的に解釈しようとする「私」の意図が示されている。

安達 雄大 *Yuta ADACHI*

河合塾講師

名古屋大学文学研究科，博士前期課程修了。現在は主に河合塾で現代文を担当。小手先のテクニックに頼らず「読む力」「解く力」に向き合う正攻法の授業が，受験生から高い評価を得ている。

著書に『何が書けたら「小論文」なの？』（語学春秋社），『安達雄大のゼロから始める現代文』（KADOKAWA）などがある。

CA05AB/B-B/Si

大矢復
図解英語構文講義の実況中継

定価：本体1,200円+税

高校生になったとたんに英文が読めなくなった人におすすめ。英文の仕組みをヴィジュアルに解説するので，文構造がスッキリわかって，一番大事な部分がハッキリつかめるようになります。

出口汪
現代文講義の実況中継①～③ <改訂版>

定価：本体（各）1,200円+税

従来，「センス・感覚」で解くものとされた現代文に，「論理的読解法」という一貫した解き方を提示し，革命を起こした現代文参考書のパイオニア。だれもが高得点を取ることが可能になった手法を一挙公開。

兵頭宗俊
実戦現代文講義の実況中継

定価：本体1,400円+税

「解法の技術」と「攻略の心得」で入試のあらゆる出題パターンを攻略します。近代論・科学論などの重要頻出テーマを網羅。「日本語語法構文」・「実戦用語集」などを特集した別冊付録も充実です。「現実に合格する現代文脳」に変われるチャンスが詰まっています。

望月光
古典文法講義の実況中継①／② <改訂第3版>

定価：本体（各）1,300円+税

初心者にもわかりやすい文法の参考書がここにある!文法は何をどう覚え，覚えたことがどう役に立ち，何が必要で何がいらないかを明らかにした本書で，受験文法をスイスイ攻略しよう!

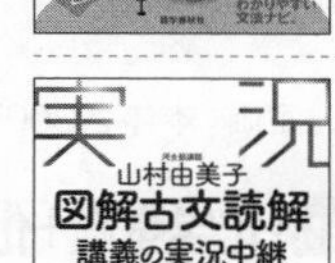

山村由美子
図解古文読解講義の実況中継

定価：本体1,200円+税

古文のプロが時間と労力をかけてあみだした正しく読解をするための公式“ワザ85”を大公開。「なんとなく読んでいた」→「自信を持って読めた」→「高得点GET」の流れが本書で確立します。

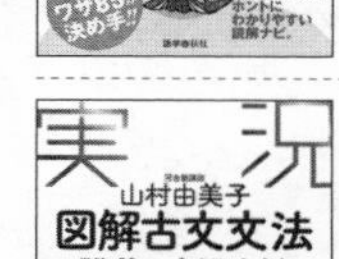

山村由美子
図解古文文法講義の実況中継

定価：本体1,200円+税

入試でねらわれる古文特有の文法を，図解やまとめを交えてわかりやすく，この一冊にまとめました。日頃の勉強がそのままテストの得点に直結する即効性が文法学習の嬉しいところ。本書で入試での得点予約をしちゃいましょう。